KB134060

한밤중에 학교에서

MAYONAKA NO GAKKO DE
by KAWABATA Hiroto
Illustrations by SUZUKI Binko
Copyright ⓒ 2008 KAWABATA Hiroto/SUZUKI Binko
All rights reserved.
Originally published in Japan by SHOGAKUKAN INC., Tokyo.
Korean translation rights arranged with SHOGAKUKAN INC., Japan
through THE SAKAI AGENCY and ERIC YANG AGENCY.

한밤중에 학교에서

초판 1쇄 발행 · 2009년 8월 10일

지은이 · 가와바타 히로토
그린이 · 스즈키 빈코
옮긴이 · 이민영

펴낸곳 · 도서출판 개암나무(주)
펴낸이 · 김보경
주 간 · 김지연
편 집 · 김수현 김수희

출판 등록 · 2006. 6. 16. 제22-2944호

주 소 · 서울시 서초구 서초동 1599-2 LG서초에클라트 531호 (우)131-710
전 화 · (02)6254-0601, 6207-0603
팩 스 · (02)6254-0602
E-mail · gaeam@gaeamnamu.co.kr
개암나무 카페 · http://cafe.naver.com/gaeam

책값은 뒤표지에 표시되어 있습니다.
ISBN 978-89-92844-27-7 73830

문학의 즐거움 24

한밤중에
학교에서

가와바타 히로토 지음 | 스즈키 빈코 그림 | 이민영 옮김

개암나무

| 차 례 |

누가 날 부르지?

"도와줘, 제발 도와줘."

오늘 아침, 유키에게 갑자기 어떤 여자아이의 목소리가 들렸어요.

1학기의 마지막을 알리는 종업식 날, 체육관에서 교장 선생님이 이야기를 막 시작하려는 참이었지요. 그런데 갑자기 교장 선생님의 목소리가 작아지더니 유키의 귀에 어떤 여자아이의 속삭임이 들렸어요.

깜짝 놀란 유키는 두리번거리며 주위를 둘러보았어요. 하지만 유키에게 말을 건 여자아이는 어디에도 보이지 않았어요. 그 목소리를 들은 사람은 유키뿐인 것 같았어요.

'이상하다. 분명히 또렷하게 들렸는데……'

교장 선생님은 여전히 이야기를 하고 있었어요.

하지만 유키는 교장 선생님의 말에는 아랑곳하지 않고 이리저리 고개를 돌리며 여자아이를 찾았어요. 그러다가 앞을 보았는데 그만 교장 선생님과 눈이 딱 마주쳤어요. 교장 선생님의 두꺼운 안경이 번쩍 빛났어요.

장난꾸러기 유키도 그때만큼은 가슴이 철렁해서 얼른 '차렷' 자세를 했어요.

빨간 치마와 웃옷을 입고 있는 교장 선생님은 유키의 엄마보다 나이가 훨씬 많은 여자분이에요.

"여러분, 여름 방학 중에도 규칙적인 생활을 해야 해요."

교장 선생님은 유키에게 '알겠지?'라고 묻듯이 고개를 끄덕이면서 말했어요.

유키의 얼굴이 발갛게 달아올랐어요.

교장 선생님은 어떻게 알았을까요? 엄마도 유키에게

늘 교장 선생님과 똑같은 말을 해요. 하지만 유키는 늘 게임을 하다 보면 시간 가는 줄 몰라요.

교장 선생님이 엄마와 똑같은 말을 하는 바람에 깜짝 놀란 유키는 그만 조금 전 귓가에 속삭이던 '도와줘!'라는 목소리를 잊어버리고 말았답니다.

집에 돌아와 보니 엄마가 바쁘게 외출 준비를 하고 있었어요.

"갑자기 일이 생겼단다. 할머니가 금방 오실 테니 그때까지 집 잘 보고 있어. 게임은 한 시간만 해야 돼."

엄마는 말을 마치자마자 서둘러 나갔어요.

유키는 엄마가 만들어 놓은 볶음밥을 얼른 먹고 바로 게임기의 스위치를 켰어요. 용감한 전사가 되어 공주님을 구해 주는 게임이에요. 무슨 일을 하면 되는지 다 가르쳐 주기 때문에 그것만 열심히 하면 게임을 하면서 칭찬을 받을 수 있어요.

엄마나 선생님은 '규칙적인 생활'을 하라거나 빈둥빈둥 게으름을 피우면 안 된다고 말하지만 무엇을 해야 하는지는 가르쳐 주지 않았어요. 그래서 게임이 훨씬 재밌어요.

그런데 오늘은 왠지 게임도 재미없었어요. 하지만 달리할 일도 없었기 때문에 그냥 계속 게임을 했지요. 엄마하고 약속한 한 시간이 지나더니 순식간에 두 시간, 세 시간이 지났어요.

마침내 게임도 싫증이 났어요.

작년에는 같은 아파트에 단짝 친구 다케시가 살았어요. 하지만 3학년이 되기 전에 이사를 가서 같이 놀 친구도 없어요. 유키가 제일 좋아하는 시골에 사는 할아버지도 이젠 안 계시기 때문에 놀러 가도 함께 벌레 잡기를 해 줄 사람이 없어요.

'쳇, 시시해. 오늘부터 신 나는 여름 방학인데!'

맘속으로 이렇게 불평을 터뜨렸어요. 그때였어요.

"도와줘! 제발 도와줘!"

또다시 그 목소리가 들렸어요. 깜짝 놀란 유키는 자리에서 벌떡 일어났어요. 체육관에서 들었던 목소리와 똑같았어요. 그런데 그때보다 지금은 훨씬 또렷이 들렸어요. 귓가에서가 아니라 멀리서부터 들려오는 소리였어요.

유키는 베란다로 나가 보았어요. 유키의 집은 아파트 15층이에요. 그래서 동네가 한눈에 내려다보여요. 바로 밑에 보이는 학교는 벌써 저녁 어둠에 싸여 깜깜했어요.

물끄러미 쳐다보고 있는데 갑자기 눈앞이 환하게 밝아졌어요. 학교 건물이 금빛으로 반짝이는 거예요. 따스하고 기분 좋은 빛이었어요. 그러고는 학교 건물이 부르르 떨었어요. 목욕을 하고 난 강아지가 물기를 터는 것처럼 말이에요.

하지만 금방 멈췄어요. 빛도 사라지더니 학교는 다시 깜깜해졌어요. 학교 건물도 확실히 보이지 않고 학교가 마치 울창한 숲 속에 둘러싸여 있는 것 같았어요.

"도와줘!"

또다시 목소리가 들렸어요.

목소리가 얼마나 큰지 머릿속에서 메아리칠 정도예요.

유키는 안절부절못하고 초조했어요.

'누군가 도와 달라고 하잖아. 책 속에 나오는 공주님이 아니라 정말로 누군가 위험한 것인지도 몰라. 목소리를 찾아가면 틀림없이 무슨 일이 일어났을 거야. 어쩌면 학교에서 빛이 난 이유를 알 수 있지 않을까.'

　유키는 방으로 돌아가 때마침 도착한 할머니에게 학교
에 두고 온 물건이 있다고 하고 뛰어나왔어요.

　학교에 도착하니 체육관과 운동장 사이에 있는 시멘트
계단에 어떤 아이가 앉아 있었어요. 빨간 옷을 입은 여자
애였어요.

　'분명히 저 애야. 저 애가 날 부른 거야.'

　유키는 생각했어요.

　그런데 체육관 앞까지 오자 여자애의 모습은 보이지 않
았어요.

그 대신 체육관 문이 조금 열려 있었어요. 유키는 신발을 벗고 체육관 안으로 들어갔어요. 그리고 자기도 모르게 "와!" 하고 소리를 질렀어요.

체육관 안에는 많은 사람들이 있었어요. 모두 유키랑 똑같은 초등학생들이에요. 저학년 학생들도 있고, 고학년 학생들도 있었어요. 농구를 하는 애들도 있었고 피구를 하는 애들도 있었어요. 달리고, 뛰어오르고, 구르기를 했어요. 구석에 앉아 도란도란 이야기를 하거나, 무대 위에서 연극 연습을 하기도 하고, 모두 아주 즐거워 보였어요.

농구공이 유키의 발밑으로 굴러 오자 유키는 그것을 주우려고 했어요.

'같이 놀면 좋을 텐데!'

그런데 공이 유키의 손가락 사이로 빠져나갔어요.

어? 유키가 놀라서 멍하니 서 있는데 이번에는 큰 형이 공을 쫓아 유키 쪽으로 달려왔어요. 그 형도 유키의 몸을 스르르 빠져나갔어요. 깜짝 놀라 멍하니 서 있던 유키는 금방 무서워졌어요.

'유령일까? 으악! 체육관 안이 유령들로 가득해!'

다리가 와들와들 떨리면서 이빨이 딱딱 부딪혔어요.

살그머니 몸을 돌려 체육관 밖으로 나가려고 문을 열었

12

어요. 그런데 문이 꼼짝도 안 해요!

　'도와줘!'

　유키는 마음속으로 이렇게 외쳤어요.

　도와 달라는 목소리를 듣고 쫓아왔는데 지금은 오히려
유키가 도와 달라고 외치고 있어요.

　"으악!"

　목소리가 겨우 나왔어요.

　비명을 지른 유키는 재빨리 도망쳐 무대 옆에 있는 창고
로 뛰어 들어가 허둥지둥 문을 닫았어요. 그러자 창고 안

이 온통 깜깜해졌어요.

너무 무서워서 눈물이 났어요. 하지만 밖에는 유령들이 가득해서 나갈 수 없었어요.

'어떡하지? 지금쯤 할머니는 저녁밥을 하고 계실 거야. 엄마도 집에 돌아왔을 텐데.'

유키만 꼼짝없이 여기 갇혀 있었어요.

문틈 사이로 밖을 보았어요. 그런데 이상한 일이었어요. 조금 전까지만 해도 그렇게 많던 유령들이 온데간데없이 사라지고 말았어요.

"휴우, 모두 가 버렸구나."

갑자기 어디선가 이렇게 중얼거리는 목소리가 들려 왔어요. 유키 바로 뒤에서 들리는 소리였어요. 유키는 뒤를 돌아보고 "으악!" 하고 소리쳤어요.

좀 전에 본 여자아이가 있었어요. 어두컴컴한 창고 속에서도 빨간 옷이 또렷이 보였어요.

"지, 집에 가고 싶어!"

유키가 말했어요.

"난 '미와' 라고 해. 나도 집에 가고 싶어. 하지만 혼자선 갈 수 없어."

"어떻게 하면 집에 갈 수 있는데?"

"저 애를 도와주면 갈 수 있어. 도와줄 수 있어?"

미와가 문 틈새로 누군가를 가리켰어요.

체육관 한가운데에 작은 남자아이가 앉아 있는 것이 보였어요. 어깨가 흔들리고 있는 것을 보니 울고 있나 봐요.

"누군데, 저 애는?"

"이 학교에 다니는 애야."

"한 번도 본 적이 없는데?"

"하지만 이 학교에 다녀. 너보다 훨씬 오래전부터 이 학교에 있었어."

"저 아이를 도와주면 집에 갈 수 있는 거야?"

"아마 그럴 거야."

"어떻게 도와주면 되는데?"

"나를 따라와 봐."

미와는 창고 문을 열었어요. 그리고 남자아이에게 걸어갔어요.

유키는 잠깐 생각해 보았어요.

'정말로 저 여자애를 따라가도 될까? 조금 전까지 저쪽에는 유령들이 잔뜩 있었는데. 혹시 어쩌면 미와나 저 남자애도 유령일지 몰라. 그렇지만 여기에 계속 혼자 숨어 있는 것도 싫어.'

할 수 없이 유키는 미와를 따라갔어요.

미와는 남자아이한테 다가가더니 상냥한 목소리로 말했
어요.

"도와주러 왔어. 널 도와줄게."

남자아이가 얼굴을 들었어요. 얼굴이 온통 눈물과 콧물
범벅이었어요.

 돌이 되어 버린 남자아이

"이 아이는 왜 이렇게 울고 있을까."

유키는 마음이 찡하니 아파 왔어요.

눈앞에 앉아 있는 남자아이는 얼굴이 온통 눈물과 콧물로 범벅이 되어 있었어요. 이렇게 몸집이 조그만 걸 보면 분명 1학년일 거예요.

유키는 미와를 쳐다봤어요. 도와준다고 했지만 어떻게 하려는 걸까요?

"그럼, 이제 네 차례야."

미와가 말했어요.

"내 차례라고? 뭐가?"

"도와줘야지. 너도 도와주려고 온 거잖아."

'그렇긴 하지만 도대체 어쩌란 거야!'

유키는 마음속으로 크게 소리쳤어요.

하지만 미와는 아무런 말도 하지 않아요. 오히려 굉장히 무서운 눈으로 유키를 바라보고 있는 거예요. 마치 장난치다 들킨 학생을 혼내는 선생님처럼 말이에요.

남자아이는 아직도 계속 울고 있었어요. 유키는 무엇을 어떻게 해야 할지 몰랐어요. 게임 속이라면 어떻게 하면 되는지 거의 다 알고 있는데! 유키도 몹시 슬퍼져서 눈물이 날 것만 같았어요.

"너 말이야!"

미와가 말했어요.

"그럼 안 돼. 네가 울려고 하면 어떡하니?"

미와가 남자아이에게 다가갔어요.

"응, 응. 그랬구나. 괜찮아."

미와가 남자아이에게 말했어요.

남자아이의 몸이 환하게 밝아졌어요. 그뿐이 아니에요.
그 빛은 미와의 팔에서 은은한 은색 빛으로 바뀌었어요.
그리고 남자아이는 눈물을 닦고 싱긋 웃는가 싶더니 스르
르 사라지고 말았어요.

유키는 너무 놀라 입을 다물지 못했어요.

'사람이 갑자기 사라져 버리다니!'

공기 속으로 흩어진 듯 남자아이가 갑자기 자취를 감추었어요. 그러더니 떼구루루 하고 무언가 바닥을 구르는 소리가 났어요.

"앗! 그게 뭐야?"

유키가 깜짝 놀라며 물었어요.

미와가 주운 것은 반짝반짝 빛나는 작은 돌이었어요. 투명한 눈물 모양이었어요.

"눈물 돌이야."

미와가 작게 속삭이더니 걷기 시작했어요.

유키도 당황해서 뒤쫓아 갔어요. 텅 빈 체육관에 혼자 남게 될까 봐 너무 무서웠거든요.

건너편 복도로 이어진 문은 미와가 손을 대자마자 쉽게 열렸어요. 밖은 벌써 깜깜한 밤이었어요. 학교 안 복도도 깜깜했어요. 복도 끝 모서리를 돌아서자 겨우 빛이 보였어요. 유키는 그제야 마음이 놓여서 뛰기 시작했어요. 저기까지 가면 틀림없이 선생님이나 사람들이 있어서 유키를 구해 줄 거예요!

"안 돼."

미와가 작게 외쳤어요.

"교장 선생님이 아직 학교에 계셔. 큰일 났네."

빛이 새어 나오는 곳은 교장실이었어요.

문 틈새로 교장 선생님의 빨간 옷이 살짝 보였어요.

유키는 교장 선생님이 조금 무서웠어요. 왠지 늘 혼이 날 것만 같아요.

"지금 얼른 가르쳐 줄게."

미와가 작게 소곤거리며 말했어요.

"아까 그 애는 말이야, 그저 혼자라서 외로웠던 것뿐이야. 전학 온 지 얼마 안 돼서 친구가 없거든. 수업 종이 울린 것도 모르고 혼자만 체육관에 있었던 거야. 그래서 괜찮다고 말해 줬어. 누가 못살게 굴어서 운 게 아니야. 친구는 금방 생길 거야."

미와는 말이 굉장히 빨랐어요. 하지만 무슨 말인지는 금방 알 수 있었어요.

"그런데 그 애는 어디로 간 거야?"

유키가 물었어요.

"아무 데도 안 갔어. 그 애는 벌써 옛날에 졸업했어, 수십 년도 전에."

"뭐라고?"

유키는 어둠 속에서 미와의 얼굴을 말똥말똥 쳐다보았어요.

"1학년이었어. 그런데 넌 정말 아무것도 모르고 여기 온 거구나. 어째서 너 같은 아이를 골랐을까?"

유키를 바보 취급하는 것 같은 미와의 말에 유키는 기분이 조금 나빠졌어요.

그때 교장실의 불빛이 꺼졌어요. 그리고 문이 열리는 소리가 났어요. 가방을 든 교장 선생님이 계단 쪽으로 걸어 갔어요.

교장 선생님이 보이지 않게 되자 미와는 곧바로 교장실 문을 열고 아무렇지도 않게 안으로 들어갔어요.

불이 꺼져 깜깜해야 할 텐데 어딘가에서 빛이 비치고 있었어요.

유키는 문 앞에서 조금 망설였어요. 교장실에 함부로 들어가다니!

"뭘 우물쭈물하는 거야!"

미와가 유키 소매 자락을 잡아당겼어요.

유키는 미와 앞에 있는 것을 보고 그만 깜짝 놀라 숨을 꿀꺽 삼켰어요.

천장까지 닿는 높고 커다란 낡은 시계였어요. 교장실에 오래된 시계가 있다는 것은 알고 있었지만 이렇게 클 줄은 몰랐어요. 게다가 모양이 조금 이상하게 생긴 시계였어요. 유키가 양팔을 한껏 크게 벌려 만든 동그라미보다도 큰 숫자판이 비스듬히 어그러져 있었어요. 마치 눈물 같은 모양이에요. 미와가 들고 있던 눈물 모양 돌과 똑같은 모양이었어요.

"이 돌을 저쪽에 끼워 넣어야 해. 도와줄 수 있지?"

유키가 고개를 끄덕이자 미와는 교장실에 있는 테이블을 시계 앞에 끌어다 놓더니 그 위로 뛰어올라 갔어요.

"내가 목마를 태울게."

유키보다 큰 미와가 유키를 쉽게 들어 올렸어요.

유키의 눈앞에 커다란 숫자판이 보였어요. 구부러진 모양의 숫자가 쓰여 있었어요.

1977. 5. 21.

'이건 뭐지?'

유키는 의아해하며 손에 든 눈물 모양의 돌을 숫자판 가까이 가져갔어요. 그러자 빛이 났어요. 숫자판은 따뜻한 금빛, 눈물 모양 돌은 희미한 은빛. 보고만 있어도 마음이 따뜻해지는 것 같았어요.

자세히 보니 숫자판에 눈물 모양 돌과 똑같은 모양의 홈이 파여 있었어요. 그곳에 돌을 대자 쏙 맞게 들어갔어요. 시계가 부르르 떨더니 주위가 환하게 빛이 났어요. 유키가 저녁에 아파트 베란다에서 학교를 내려다봤을 때랑 똑같았어요.

숫자판은 더욱 구부러지더니 모양이 바뀌었어요. 마치 살아 있는 생물 같아요. 이번에는 이곳저곳 삐죽거리더니 톱날처럼 뾰족뾰족해졌어요.

유키가 미와의 어깨에서 내려오자 미와는 오래된 시계를 올려다보면서 눈을 가늘게 떴어요.

"안됐지만 우린 아직 돌아갈 수 없어. 아까 그 아이의 눈물 모양 돌을 제자리에 돌려놓았는데도 시계가 동그래지지 않잖아. 반대로 이렇게 뾰족뾰족해졌어."

유키는 대체 무슨 일인지 알 수 없어서 미와를 쳐다보았어요.

"이제 모두 다 얘기해 줘야겠구나. 그러니까……."

미와는 책상을 돌아서 교장 선생님의 의자에 털썩 앉았어요. 그리고 마치 수업하듯이 이야기하기 시작했어요.

 유키와 미와가 웃자 모두 웃었다

"**학**교란 참 이상한 곳이라고 생각하지 않니?"

미와가 물었어요.

유키는 아무 대답도 하지 않고 고개를 갸우뚱했어요.

"집에서는 오랫동안 똑같은 사람들이 살지만 학교는 매년 새로운 사람들이 들어오잖아. 초등학교는 오래 있어 봤자 6년이잖아. 모두 졸업을 하게 되니까."

"6년도 굉장히 길다고 생각하는데."

유키는 6학년이 되려면 아직도 한참이나 남았다고 생각했어요.

"야시키 숲 공원에 가 본 적 있지?"

28

야시키 숲 공원은 학교 바로 옆에 있는 작은 공원이에
요. 대나무 숲 한가운데에 짚으로 지붕을 엮은 커다란 집
이 있어요.

"그건 말이지 옛날 사람들이 살던 집이야. 100년도 넘었
어. 하지만, 지금 들어가 봐도 사람들이 살았던 걸 느낄 수
있지 않니? 옛날 사람들의 기분을 느낄 수 있지 않아?"

"그래서 어떻다는 건데?"

유키는 자기도 모르게 이렇게 물었어요.

유키는 미와가 대체 무슨 말을 하는지 알 수 없어서 점
점 짜증이 났어요.

"학교도 마찬가지야. 이 학교에는 항상 몇 백 명의
학생이 있어. 기뻐하기도 하고, 슬퍼하기도 하고,
싸우기도 하고, 화해하기도 하면서 여러 가지 일
들이 있어."

그렇게 말하면서 미와는 유키를 빤히 쳐다보았어요.

"아까 그 아이는 유령이 아니야. 체육관에서 놀던 아이들도 유령이 아니라고. 아마 밤이 되면 학교가 옛날 일들을 생각하는 걸 거야. 아까 그 아이들은 이 학교가 옛 생각을 하거나, 꿈을 꿔서 나타난 거야."

유키는 미와가 자기를 놀리는 것인가 생각했지만 미와는 아주 진지한 얼굴이었어요.

"학교가 꿈을 꾸다니 말도 안 돼."

"그럼 유령이라면 말이 된다는 거야?"

"그건 아니지만. 유령 같은 건 없다고 엄마가 늘 말씀하

셨어!"

갑자기 미와가 깔깔거리며 웃었어요.

"웃어서 미안해. 그런데 너무 이상해서."

유키는 처음에 미와가 왜 웃는지 몰랐어요. 하지만 금방
깨달았어요.

엄마는 늘 유령 따위는 없다고 말해요. 그리고 학교가
꿈을 꾼다는 것은 말도 안 되는 소리예요. 하지만 유키는
자기 눈으로 확실히 보았어요.

"그럼 아까 그 아이들은······."

"실은 나도 잘 몰라."

미와는 그렇게 말하면서 또 웃었어요. 어쩌면 미와는 원래 잘 웃는 아이인지도 몰라요.

유키도 미와를 따라서 하하하 웃었어요. 미와도 무슨 일인지 모른다고 생각하자 우스워졌던 거예요.

"애, 저것 좀 봐!"

미와가 갑자기 소리쳤어요.

복도와 창밖에서 빛이 들어왔어요. 그리고 웃음소리가 들려왔어요. 한두 사람이 아니라 수십 명, 수백 명의 웃음소리였어요.

유키는 복도를 내다보았어요. 많은 아이들이 웃으면서 왔다 갔다 하고 있었어요.

이번에는 창문을 열어 보았어요. 운동장에도 많은 아이들이 있었어요. 운동회와 여름 축제 그리고 떡메치기 대회가 한꺼번에 열리고 있는 것처럼 시끌벅적했어요.

"와, 굉장해!"

유키가 말했어요.

"틀림없이 우리가 웃었기 때문이야."

미와가 제자리에서 발끝으로 빙그르르 돌았어요.

'어? 춤 연습을 하는 건가?'

유키는 생각했어요.

　미와는 굉장히 잘 추었어요. 얼마나 기쁜지 참을 수 없어서 몸 전체가 웃고 있는 듯한 느낌이었어요.

　"와! 굉장히 잘 추는구나!"

　"나는 발레리나가 되는 게 꿈이야. 춤을 추는 게 좋아. 즐거운 일을 생각하면서 춤을 추면 이렇게……."

　그렇지 않아도 시끌벅적한 복도와 운동장이 마치 신 나는 목소리를 모아서 한꺼번에 터뜨린 것처럼 시끌시끌했어요. 유키는 또다시 "와!" 하고 소리를 질렀지만 자신의 목소리가 들리지 않을 정도였어요.

　이윽고 미와가 춤추는 것을 멈췄어요. 그리고 얼마 있자 운동장과 복도에 있던 아이들도 모두 사라졌어요.

　미와는 다시 진지한 얼굴로 돌아갔어요.

　"재미있던 일이나 기뻤던 일만 꿈꾸면 좋겠지만 싫은 일도 역시 있었을 거야. 저길 봐."

"아."

유키가 조그맣게 소리를 냈어요.

벽이나 천장 여기저기 금이 가 있었어요. 벽에는 지금까지 교장 선생님을 했던 분들의 사진이 나란히 걸려 있었어요. 그런데 액자가 모두 깨져 있었어요. 마치 도깨비 집 같아요.

유키는 기분이 나빠져서 복도로 뛰어나갔어요. 하지만 복도도 마찬가지였어요. 여기저기 벽에 금이 가 있고 천장에는 커다랗게 갈라진 틈이 보였어요.

"지금은 분명히 학교가 옛날에 있었던 나쁜 일들을 떠올리는 걸 거야. 어딘가에서 누군가 울고 있을지도 몰라. 지금부터 바빠질 것 같아. 함께 열심히 해 보자!"

"하지만 뭘 어떻게 해야 할지 모르겠어."

"아무리 애를 써도 사라지지 않는 기분들을 잘 어루만져서 보석으로 만드는 거야. 그렇게 하지 않으면 학교는 점점 괴로운 장소가 될 거야. 그럼 우리도 돌아갈 수 없어."

유키는 갑자기 가슴이 철렁하면서 크게 소리 지르고 싶어졌어요. 그래서 복도를 막 뛰어갔어요.

밖으로 나가는 문이 반쯤 열려 있었어요. 유키는 뒤도

돌아보지 않고 운동장으로 달려 나갔어요. 그러고는 바람처럼 쏜살같이 뛰었어요.

'틀림없이 엄마가 몹시 걱정하고 있을 거야. 어쩌면 할머니는 울고 계실지도 몰라. 빨리 집에 가야 해. 미와가 무슨 말을 해도 어서 빨리 집에 가야지.'

닫혀 있는 교문에 다가간 순간 유키는 깨달았어요.

유키의 아파트가 보이지 않아요. 높이 솟은 아파트라서 금방 눈에 띌 텐데 보이지 않았어요. 그뿐만이 아니에요. 교문 밖은 그저 깜깜하기만 할 뿐 하늘도, 동네도, 아무것도 보이지 않았어요.

유키는 실망해서 어깨를 축 늘어뜨리고는 돌아섰어요.

"오빠."

어디선가 낯선 목소리가 들렸어요.

유키는 깜짝 놀라 뒤로 한 발짝 물러섰어요. 교문 옆에 있는 나무 아래에 작은 여자아이가 서 있었어요.

"오빠, 날 구하러 와 주었구나."

여자아이는 굉장히 불안한 얼굴로 유키를 바라보고 있었어요.

유키는 그때 깨달았어요. 도와 달라고 부른 것은 바로 이 아이였어요. 미와가 아니에요.

"난 네 오빠가 아니야."

"어째서 오빠가 아니야? 오빠를 불렀는데."

"오빠를 찾고 있는 거니? 그럼 같이 찾아볼까?"

유키는 이 아이의 오빠가 이 학교에 다니나 보다 생각해서 이렇게 물었어요. 하지만 여자아이는 고개를 숙인 채 머리를 옆으로 흔들었어요. 너무 슬픈 표정이어서 유키는 어쩔 줄 몰랐어요.

"음, 그러니까 나는 유키야."

유키가 여자아이에게 말했어요.

"유 오빠라고 불러도 돼?"

"응, 그래도 돼. 우리 엄마도 나를 '유'라고 부르셔."

"'유'라고?"

그때 뒤에서 유키를 부르는 소리가 들렸어요.

돌아보니 미와가 서 있었어요. 미와는 억지로 웃음을 참는 듯한 얼굴이었어요.

"'유'라니, 굉장히 귀엽네."

유키는 얼굴이 빨갛게 달아올랐어요.

"이, 이 아이가 그렇게 부른 거라고."

미와는 입을 반쯤 벌린 채 유키를 멀뚱멀뚱 쳐다봤어요.

"네가 구해 줘야 하는 건 남자아이야. 저기 봐, 아까부터 저기에 있었어."

돌아보니 여자아이가 사라지고 없었어요.

그 대신 운동장 모퉁이에 남자아이가 있었어요. 남자아이는 가만히 있는 것이 아니라 달리고 있었어요. 학교 건물 앞을 왔다 갔다 하며 계속 달렸어요.

그런데 여자아이는 어디로 간 걸까요?

'저렇게 뛰어다니는 아이를 구하라니, 도대체 나보고 어떻게 하라는 거지?'

유키는 속으로 생각했어요.

"구해 줘!"

아까 그 여자아이의 목소리가 귓속에서 울려 퍼졌어요. 유키는 깜짝 놀라 자기도 모르게 한 발 앞으로 나갔어요.

"그래, 네가 가서 구해 줘."

유키는 미와의 말에 어쩔 수 없이 걷기 시작했어요.

멈추지 않고 달리는 남자아이

미와가 유키에게 구해 주라고 한 남자아이는 유키보다도 형이었어요. 아마 4학년 아니면 5학년일 것 같아요. 그 형은 운동장 여기저기를 계속 왔다 갔다 달리고 있었어요. 그것도 아주 빠른 속도로요.

"전에도 저 애를 본 적이 있어. 하지만 난 아무것도 해 줄 수 없었어. 무엇을 어떻게 해야 좋을지 모르겠거든."

뒤에서 미와가 이렇게 말했어요.

유키는 뒤돌아보지 않았어요. 남자아이한테 눈을 뗄 수 없었어요.

'와, 굉장히 빨라. 멋있다! 저렇게 달릴 수 있다면 얼마나 즐거울까?'

유키는 달리기를 잘 못해요. 그래서 체육 시간에 달리기를 할 때면 늘 속상했어요.

"준비, 땅!" 하고 달리기 시작하면 모두 유키를 앞지르기 시작해요. 열심히 달리면 달릴수록 손과 발이 이상하게 움직여서 모두 웃곤 하지요. 그래서 유키는 달리기를 잘하는 아이가 늘 부러웠어요.

'하지만 왜일까?'

저렇게 멋있는 모습인데 남자아이는 입을 꾹 다물고 눈을 크게 뜬 것이 조금도 즐거워 보이지 않아요.

갑자기 남자아이가 멈춰 섰어요. 그것도 유키의 눈앞에서요.

"저기……."

유키는 머뭇거리며 말을 걸었어요.

"형, 혹시 내가 뭔가 도울 만한 일이 있어요?"

남자아이는 아무런 대답도 하지 않았어요. 그저 가만히 유키를 바라봤어요.

"저기, 형 굉장히 멋있어요. 그렇게 빨리 달릴 수 있다니 정말 멋있어요."

남자아이가 아주 잠깐이지만 약간 웃는 표정을 짓는 것 같았어요.

그러고는 또다시 달리기 시작했어요. 마치 함께 달리자고 말하는 것 같았어요. 유키도 신발을 벗고 맨발로 자연스럽게 따라 달리기 시작했어요. 하지만 쭈르르 미끄러져 넘어지고 말았어요. 머리부터 땅에 닿더니 그대로 빙글 재

주를 넘는 것처럼 넘어졌어요.

유키는 창피해서 "헤헤헤!" 하고 웃었어요.

남자아이는 웃지 않고 가만히 서서 바라보고 있었어요.

유키는 다시 한 번 일어나 달리기 시작했어요. 이번에는
미끄러지지 않도록 운동장의 흙을 발바닥으로 힘껏 디뎠
어요. 그리고 남자아이처럼 다리를 높이 올려 보았어요.
기분이 좋았어요. 어쩌면 빨리 달릴 수 있을 것 같아요.

갑자기 "와!" 하는 함성이 들렸어요.

"잘해!"

"달려!"

어디선가 아이들의 응원 소리가 들렸고 운동장에는 만국기(세계 여러 나라의 국기 —옮긴이)가 걸려 있었어요.

'이게 뭐지? 아, 운동회다!'

유키는 아직 두 번 밖에 운동회를 보지 못했어요.

'1학년 때나 2학년 때도 다들 이렇게 큰 소리로 응원했었나?'

다시 한 번 "와!" 하는 함성이 울려 퍼졌어요. 코너를 돌자 몸집이 큰 아이 둘이 유키를 향해 달려왔어요.

유키 옆에는 또 다른 아이가 서 있었어요.

"빨리 달려, 너만 믿는다!"

이 말을 듣고 유키는 깨달았어요. 지금 이어달리기를 하고 있는 중이에요. 유키도 이어달리기 선수 가운데 한 명인 거예요.

1학년, 2학년일 때는 이어달리기가 없었어요. 아니, 있었다고 해도 달리기를 못하는 유키는 선수로 뽑히지 못했을 거예요.

배턴을 쥔 아이가 점점 다가오고 있었어요.

유키는 백군, 상대편은 청군이에요. 백군이 조금 앞서고 있었어요.

"부탁해, 마지막 주자!"

이어달리기에서 제일 마지막에 달리는 선수는 달리기를 가장 잘하는 사람이에요.

그때 갑자기 힘이 솟기 시작했어요. 조금 전 운동장을 달리던 그 형처럼 자신도 빠르고 힘차게 달릴 수 있을 것 같았어요.

'그래, 꼭 이길 수 있을 거야. 틀림없이 이길 수 있어.'

유키는 겨우 배턴 끝을 잡았어요.

'좋아, 달리는 거야! 자, 달려!'

"어어! 안 돼!"

모두 뭔가 말하고 있었어요.

"잠깐, 잠깐 기다려!"

"돌아와!"

'어라? 배턴을 쥐고 있지 않잖아.'

배턴을 받아 들었다고 생각했는데 그만 떨어뜨려 버렸
어요. 청군의 마지막 선수는 벌써 저만큼 앞서 달리고 있
었어요.

'빨리 달려서 청군을 이길 수 있었는데!'

　그 순간 유키는 어둑어둑한 운동장 한가운데로 다시 돌
아왔다는 걸 문득 깨달았어요.

　만국기도 사라지고 이어달리기를 응원하던 아이들의 함
성도 들리지 않았어요. 그래도 유키는 너무 억울하고 속상
해서 눈물을 흘렸어요.

　유키는 그때 알게 되었어요. 어째서 그 남자아이가 운동
장을 계속 달리고 있었는지 말이에요. 유키가 지금 환영
속의 운동회에서 겪었던 실수는 결국 그 아이가 옛날에 했
던 실수였던 거예요.

유키는 하얀 배턴을 잡고 있었어요. 이제 무엇을 어떻게 하면 될지 알았어요. 유키는 배턴을 잡고 달렸어요. 또다시 운동회의 응원 소리가 들렸어요.

코너를 돌자 그 남자아이가 보였어요. 그 아이는 출발선에 서서 기다리고 있었어요. 진짜 마지막 선수는 유키가 아니라 그 아이였어요.

가슴이 터질 듯 숨이 차고 힘들었어요. 하지만 그래도 달렸어요. 앞으로 계속 나아갔어요. 그리고 남자아이가 놓치지 않도록 배턴을 내밀었어요. 배턴이 손에 닿자 그 아이는 빠지지 않게 꼭 쥐었어요. 유키는 천천히 멈추면서 남자아이의 등을 바라봤어요. 굉장히 빨리 달리고 있었어요. 얼마나 빠른지 땅 위에 떠 있는 것처럼 보였어요.

운동장을 돌았을 때는 크게 앞서 있었어요.

남자아이는 마지막까지 있는 힘을 다하여 속도를 늦추지 않고 1등으로 테이프를 끊었어요. 그리고 하늘을 향해 두 손을 들더니 활짝 웃었어요. 눈부실 정도로 환한 웃음이었어요.

그 아이는 환한 웃음 그대로 눈부신 빛으로 바뀌더니 시원한 하늘색으로 빛나는 돌이 되어 유키의 손 안에 들어왔어요.

"잘하는데."

미와가 유키를 칭찬했어요.

"그 아이는 너무 분하고 억울해서 참을 수가 없었던 거구나. 정말 빨리 달려서 이길 수 있었는데 그만 실수로 지고 만 거야. 너도 같은 남자아이라서 그 마음을 알았던 거지."

"억울한 돌이라고 불러야 할까?"

유키가 말했어요.

"그러네. 억울한 돌. 이제 교장실로 가자!"

미와의 웃는 얼굴을 보니 유키도 기뻤어요.

 함께 웃으며 날려 보내자!

유키는 2층 복도를 왔다 갔다 했어요.
미와는 보이지 않았어요. 틀림없이
지금쯤 교장실에 있는 소파에서 홍차
라도 마시고 있을 거예요. 교장실에는
가스레인지가 있어서 물을 끓일 수 있어요.

유키는 미와와 바로 교장실로 가서 운동장에서 유키가
손에 넣은 '억울한 돌'을 오래된 시계에 끼워 넣었어요.

시계는 처음처럼 부르르 떨더니 빛을 내뿜었어요. 이번
에야말로 보통 시계로 되돌아올 거라고 생각했는데 또다
시 이상한 모양으로 바뀌었어요.

　숫자판이 축 늘어져서 마치 사람이 얼굴을 온통 찌푸린 것처럼 되었어요. 숫자판은 우는 것인지 웃는 것인지 알 수 없는 얼굴처럼 보였어요.

　집으로 돌아갈 수 있을 줄 알았던 유키는 실망하고 말았어요. 그런데 미와는 오히려 흥분해서 말했어요.

　"어머나, 시계가 이런 모양으로 바뀐 건 처음이야! 분명히 이제 금방 끝날 거라는 뜻일 거야!"

　유키는 순순히 믿기로 했어요.

　"그럼 다음 아이도 부탁해, 유키."

　"응? 아, 알았어."

　미와의 말에 유키는 얼떨결에 대답했어요.

　2층 복도에 자주 나타나는 아이가 있는데 미와는 그 아이를 다루기가 힘들대요.

 씩씩한 미와도 다루기 힘들다니 어떤 아이일까요? 유키는 이상한 생각이 들었어요. 곰곰이 생각해 보니 조금 무섭기까지 했어요. 지금은 깜깜한 밤인 데다, 미와도 어쩌지 못할 만큼 힘든 아이라니 덜컥 겁이 났어요.

 "유키 오빠! 내가 함께 있어 줄게."

 좀 전에 운동장에서 만난 작은 여자아이가 다가왔어요. 그러고는 유키의 손을 꼭 잡았어요. 마치 친동생 같아요.

 "아까 어디에 갔었던 거야? 금방 사라져 버리고."

 "와카는 아무 데도 안 갔어. 사라진 건 유 오빠야."

 '이 아이의 이름은 와카구나.'

 유키는 여자아이의 옆얼굴을 찬찬히 보았어요. 새침한

얼굴이 유키가 아는 누군가를 닮은 것 같은데 그게 누구인지 금방 떠오르지 않았어요.

아무튼 유키는 자기를 이곳에 부른 것은 이 아이라고 생각했어요. 그래서 이유를 알고 싶었지요. 무슨 일인지 알고 있는 것은 미와가 아니라 와카라는 아이일지도 몰라요.

어쩌면 미와가 말한 다루기 힘들다는 아이는 와카가 아닐까요?

"저기, 와카. 그런데 날 왜 부른 거야?"

"아, 저기……"

와카가 가리킨 쪽을 보고 유키는 흠칫 놀랐어요.

그곳에는 작고 마른 여자아이가 서 있었어요. 남자아이처럼 짧은 반바지를 입고 머리는 하나로 묶고 있었어요.

그 아이는 동그랗게 뜬 눈으로 유키를 쳐다보고 있었어요. 그러더니 성큼성큼 유키를 향해 다가왔어요.

'조금 무서운데.'

유키는 자기도 모르게 한 발짝 뒤로 물러서다가 그만 미끄러져 엉덩방아를 찧고 말았어요.

"하하하, 유 오빠, 너무 우스워!"

와카가 깔깔대며 말했어요.

깡충깡충 뛰며 웃는 걸 보니 정말 재미있는 모양이에요.

여자아이는 더 가까이 다가오더니 유키 앞에 섰어요.

"너 말이야, 지금 한가해? 내가 재미있는 얘기 해 줄게.
들으면 분명히 배꼽 빠지게 웃고 싶을 거야."

여자아이가 대뜸 유키에게 이렇게 말했어요.

"개 중에 가장 아름다운 개는 뭐게?"

여자아이는 이렇게 물으며 씨익 웃었어요.

"무지개!"

여자아이가 우스꽝스런 말투로 자기가 한 질문에 스스

로 대답했어요.

"와! 재밌다, 재밌다!"

와카가 큰 소리로 웃었어요.

"오빠, 오빠, 유 오빠! 이 언니 정말 재미있다!"

"글쎄."

유키네 반에서도 이런 말장난이 요즘 유행이에요. 하지
만 이미 모두 알고 있는 것을 말해 봤자 핀잔만 듣거나
'썰렁하다'는 말을 들을 것이 뻔해요.

"어? 재미없나?"

여자아이가 시무룩한 표정을 지었어요.

"언니, 재미있어. 더 해 줘."

"사과가 웃으면 뭘까? 풋사과! 바나나가 웃으면 뭘까? 바나나 킥! 왕이 쓰러져서 나는 소리는 뭘까? 킹!콩!"

와카는 온몸으로 웃는 것처럼 몇 번이나 깡충깡충 뛰어오르며 웃었어요. 그리고 갑자기 스르르 사라져 버렸어요. 그런데 와카가 사라졌어도 보석은 남지 않았어요.

"늘 이렇다니까."

미와가 말했어요.

"저렇게 썰렁한 농담을 언제나 참고 들어 주지만 정말 재미없어."

유키는 어쩐지 갑자기 화가 나서 벌떡 일어났어요. 아무리 미와라고 해도 그런 식으로 말해서는 안 돼요. 와카는 정말 재미있어 했잖아요. 유키는 낯선 여자아이의 편을 들어주고 싶어졌어요.

"사과가 웃으면 풋사과! 하하하! 정말 웃긴다!"

유키가 큰 소리로 웃자 여자아이가 생긋 웃었어요.

유키는 머릿속으로 "풋!" 하고 웃음을 터뜨리는 사과를 상상해 봤어요. 그러자 지금까지보다 훨씬 더 말장난이 재미있어졌어요. 그리고 쿡쿡거리며 신 나게 웃었어요. 이제 유키도 그 여자아이와 함께 말장난을 시작했어요.

"초등학생이 가장 좋아하는 동네는? 방학동!"

"눈이 녹으면? 눈물!"

"풍뎅이 중에 가장 오래 사는 풍뎅이는? 장수풍뎅이!"

같이 하다 보니 점점 더 재미있어졌어요.

유키는 너무 유치해서 보통 때는 이런 말장난들을 하지 않았는데 실제로 해 보니까 굉장히 재미있었어요.

"별 중에 가장 슬픈 별은? 이별!"

"아이들은 학교에 왜 갈까? 학교가 올 수 없으니까!"

"병아리가 제일 잘 먹는 약은? 삐약!"

마지막에는 얼마나 웃긴지 말도 제대로 안 나왔어요.

유키는 복도에 주저앉아 배를 잡고 웃었어요.

"재미있지? 그렇지?"

여자아이가 유키에게 물었어요.

"응, 최고로 웃겨!"

유키가 대답했어요.

"그럼, 마지막이니 마지막으로 미안하다고 말할게. 그럼 안녕."

엉뚱한 말을 늘어놓으면서 여자아이는 웃었어요.

그리고 눈 깜짝할 사이에 사라지더니 유키의 발밑으로

데구르르 주황색 돌 하나만 굴러다니고 있었어요.

"이것도 억울한 돌하고 비슷한 건가 봐. 그 여자아이가 재미있는 이야기를 해도 아무도 웃어 주지 않았을 거야. 하고 싶은 말장난을 다 하도록 재미있게 들어 주었어야 했던 거구나. 그걸 몰랐네."

"미와 너는 그런 줄도 모르고 항상 재미없다고 했구나."

조금 전 운동장에서 달리기를 하던 남자아이나 말장난을 하던 여자아이 모두 미와가 알지 못했던 것을 유키가 깨닫고 도와준 것이지요. 유키는 집에 갈 수 없어 불안하면서도 조금 즐거워졌어요. 집에서 혼자 게임을 하는 것보다 훨씬 좋은 일인지도 몰라요.

유키는 미와를 보면서 어떤 문제라도 해결할 테니 가져와 보라는 식으로 가슴을 폈어요. 그런데 너무 많이 웃었던 탓에 배가 조금 아팠어요.

작은 새, 장수풍뎅이, 개구리들

유키는 지금 과학실에 있어요. 과학실에도 가끔 찾아오는 아이가 있다고 해서 그 아이를 기다리는 중이에요.

이번에도 미와는 없고 유키 혼자였어요. 미와는 과학실에 절대 가기 싫다며 유키만 과학실로 보냈어요.

"이번에도 부탁할게. 난 동물이 싫어서 그래. 고양이나 개는 좋아하지만 다른 동물들은 전부 싫어. 동물뿐 아니라 산이나 숲 속도 싫어. 어렸을 때 곤충을 잡으러 갔다가 혼자만 길을 잃어버린 적이 있어. 오빠가 날 찾으러 올 때까지 혼자서 얼마나 무서웠는지 몰라. 숲 속에 파묻혀서 벌레와 새들한테 잡아먹힐 거라고 생각했지 뭐야. 그러니까 과학실에는 혼자 가 줄래? 응? 나도 과학은 좋아해. 천체 관측 같은 건 정말 재미있어. 하지만 그 아이가 살던 때의 과학실은 지금하고는 달라서 살아 있는 동물이 잔뜩 있단 말이야. 그러니까 난 정말 가기 싫어!"

미와는 이렇게 긴 이야기를 늘어놓았어요. 어쨌든 미와가 개나 고양이 이외의 동물들을 얼마나 싫어하는지 알 수 있었어요.

유키는 동물을 싫어하지 않아요. 오히려 좋아해요. 친할아버지가 살아 계실 때에는 시골에 놀러 가서 장수풍뎅이를 많이 잡았어요. 한번은 수컷 사슴벌레를 잡은 적도 있

어요. 그렇지만 엄마가 벌레를 싫어하기 때문에 집에서는 키울 수 없어요. 게임 속에서만 키우며 참고 있어요.

아무튼 이런 이유로 유키는 미와에게 떠밀려 과학실에 와 있는 거예요. 하지만 과학실에는 살아 있는 동물은 하나도 없어요. 그래서 점점 지루해졌어요.

'차라리 집에서 게임이나 하는 게 더 재미있었을지도 몰라…….'

이런 생각을 하고 있는데 갑자기 짹짹거리는 소리가 들렸어요. 새가 우는 소리예요!

'새장이 있었구나. 전혀 몰랐네.'

그것뿐만이 아니에요. 유리 어항 안에는 많은 물고기가 헤엄치고, 플라스틱 어항 안에는 아직 한 번도 본 적이 없는 장수풍뎅이와 사슴벌레가 있어요.

'우아!'

거기에 남자아이가 있었어요. 바지 자락이 넓게 퍼진 청바지를 입은 마르고 키가 큰 아이였어요.

"너 뭐 하니?"

그 남자아이가 유키에게 물었어요.

"응, 그냥 굉장한 것 같아서요."

유키가 우물쭈물 대답했어요.

"그래, 그럼 4학년이 되면 특별활동을 하잖아. 그때 과학부에 들어와. 과학부에서 모두 함께 키우고 있어.

"그런데 형은 왜 여기에 있는 거예요? 무슨 속상한 일이라도 있어요?"

유키가 물었어요.

"말할 테니 내 설명 좀 들어 볼래? 이쪽으로 와 봐."

남자아이는 마치 유키의 질문을 못 들은 것처럼 싱글벙글 웃으며 유키에게 손짓을 했어요.

"이것 봐. 이건 말이지, 세계에서 가장 큰 헤라클레스 장수풍뎅이야. 굉장하지? 과학 선생님은 곤충 박사님이셔. 집에서 훨씬 많은 벌레를 키우신대. 그리고 이건 코끼리 장수풍뎅이야."

유키는 눈을 크게 떴어요. 헤라클레스 장수풍뎅이. 세계에서 가장 큰 장수풍뎅이! 실제로 본 건 처음이었어요. 게다가 코끼리 장수풍뎅이! 비록 몸길이는 헤라클레스 장수풍뎅이한테 지지만 유키는 코끼리 장수풍뎅이를 더 좋아해요.

남자아이가 코끼리 장수풍뎅이를 플라스틱 어항에서 꺼내어 유키에게 내밀었어요. 손바닥으로 코끼리 장수풍뎅이를 받아 들자 보기보다 묵직했어요. 게다가 따뜻한 느낌까지 들었어요. 점점 더 가슴이 심하게 두근거리는 것 같았어요.

'뭐지? 이 느낌은? 전에도 느껴 본 적이 있는데.'

유키네 집에서는 장수풍뎅이뿐만 아니라 살아 있는 것은 아무것도 키울 수 없어요. 엄마는 살아 있는 것은 언젠가 죽기 때문에 키우고 싶지 않다고 했어요.

하지만 딱 한 번 엄마 몰래 집 근처 공원에서 주워 온 새끼 고양이를 키운 적이 있어요. 만약 유키가 집으로 데려오지 않았다면 틀림없이 공원에서 죽어 버렸을 거예요. 그 고양이를 끌어안았을 때랑 똑같은 느낌이에요. 코끼리 장수풍뎅이가 손바닥 안에서 꿈틀꿈틀 움직였기 때문에 갑자기 옛날의 느낌이 생각났어요.

남자아이는 계속해서 다른 동물들을 보여 줬어요. 새장

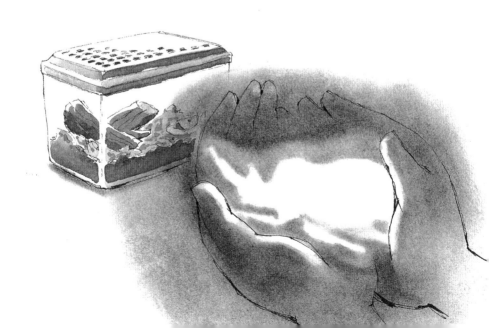

속에 있는 잉꼬와 문조(참샛과의 새 —옮긴이)는 전부 순해
서 유키의 어깨나 머리 위에 올라가서 아름다운 소리로 울
었어요.

나뭇잎을 깔아 놓은 어항 안에 숨어 있던 녹색 개구리는
유키의 손가락 끝에서 바닥으로 가볍게 뛰어 내렸어요. 굉
장한 점프력이에요! 유키는 자기도 모르게 "와!" 하고 소
리쳤어요.

'그렇구나. 지금은 분명히 '즐거웠던 기억'을 떠올리는
시간인 거야.'

학교가 즐거웠던 때를 기억하고 있는 것이 틀림없어요.
그러니까 유키도 함께 즐거워해도 될 거 같아요. 미와는
이런 게 싫다니, 말도 안 돼요!

생생하게 살아 움직이는 동물들은 보석처럼 반짝반짝
빛나 보였어요. 미와는 이런 것을 모르나 봐요. 함께 있기
만 해도 시원한 바람이 부는 숲 속에 있는 것처럼 기분이
좋아지는데 말이에요!

그때 갑자기 남자아이가 "앗!" 하고 소리쳤어요.

"먹이 주는 걸 잊어버렸네!"

유키가 가까이 가 보니 남자아이는 '햄스터'라는 표시가
붙어 있는 상자 앞에 서 있었어요.

"내가 주번인데 먹이 주는 걸 잊어버렸어. 작은 동물이라 먹이가 없으면 금방 죽어 버리는데……."

남자아이는 굉장히 걱정하며 말했어요.

유키가 살며시 들여다보니 상자 속에 털이 하얗고 복슬복슬한 작은 동물이 눈을 감은 채 아무렇게나 뒹굴고 있었어요. 전혀 움직이지 않아요.

죽은 것 같았어요.

먹이와 물을 자동으로 주도록 되어 있는데 먹이통과 물통이 모두 텅 비어 있었어요.

남자아이가 작은 햄스터를 손바닥에 올려놓은 뒤 가슴

에 갖다 대었어요. 그대로 꿇어앉은 채 굵은 눈물을 뚝뚝 흘렸어요.

"내 탓이야. 내 탓……."

이 아이는 동물을 굉장히 좋아하는 아이가 틀림없어요. 그래서 과학 교실에서 동물들을 많이 키우고 있었던 거예요. 그런데 그만 잘못해서 햄스터가 죽어 버렸어요.

유키는 무슨 말을 해야 할지 몰랐어요. 좋아하는 동물이 죽는 것도 슬픈데 자신의 잘못으로 그렇게 되다니 얼마나 슬플까요? 어떻게 위로해야 할지 몰랐어요.

유키도 슬퍼졌어요.

'맞아, 그 새끼 고양이. 집으로 데려갈 수 없어서 아파트 단지의 화단에 작은 상자를 놓고 키웠는데, 결국 까마귀들이 죽여 버렸어.'

유키는 그때도 슬퍼서 펑펑 울었어요.

같은 아파트에 살던 다케시가 함께 울어 주었던 기억이 나요. 남자아이가 그렇게 우는 것은 창피한 일이지만 그래도 참을 수가 없었어요. 그래서 비상계단에 앉아 둘이 소리를 내어 엉엉 울었어요. 유키는 지금도 그때 생각을 하면 눈물이 나요.

유키는 햄스터를 안고 있는 남자아이 옆에 앉아 같이 울었어요. 마치 울음소리로 합창을 하고 있는 것 같았어요. 얼마 동안이나 울었는지 몰라요. 마침내 울음이 그치고 눈물도 말랐어요.

남자아이는 사라지고 없었어요. 그 대신 반짝반짝 빛나는 금빛 돌이 과학실 바닥에 뒹굴고 있었어요.

"흠, 그렇구나. 아무것도 해결하지 않았는데 함께 울기만 해도 되는 거구나. 이런 건 생각조차 하지 못했어. 이건 눈물의 돌 중에서도 특별히 슬픔의 돌이네."

미와가 과학실 입구에 서서 이쪽을 보고 있었어요. 정말로 감탄한 듯 고개를 끄덕거렸어요.

유키는 눈물을 닦고 미와에게 꼭 하고 싶던 말을 했어요.

"장수풍뎅이며 사슴벌레 또 개구리 모두 정말 멋져. 햄스터는 또 얼마나 귀여운데. 죽어서 슬프긴 하지만 말이야. 미와도 함께 보면 좋았을 텐데."

"싫어. 벌레는 너무 싫어. 동물도 싫어. 벌레랑 동물들이 사는 숲 속은 가장 싫어. 풀숲에 들어가면 도망가고 싶어진단 말이야!"

어째서 그렇게 숲 속이 싫은 걸까요? 유키는 정말 이해할 수 없었어요.

 어떻게 해야 집에 돌아갈 수 있을까?

교 장실에 있는 오래된 시계는 몇 번이나 모양이 바뀌었어요. 가로로 긴 모양, 세로로 긴 모양, 도넛 모양, 삐죽빼죽한 모양. 그리고 귀처럼 삐죽 튀어 나오기도 하고 코처럼 앞으로 툭 튀어나오기도 해요. 또 꾸깃꾸깃 구겨진 모양이 되기도 하고, 너덜너덜 해진 모양이 되기도 하지요.

유키가 한밤중에 학교에 들어와 길을 헤매면서 여러 개의 돌을 시계에 끼워 넣었어요. 그때마다 오래된 시계는 환하게 빛나며 모양이 바뀌었어요.

"흠, 점점 좋아지고 있어."

　미와는 이렇게 말했지만 유키는 고개를 갸웃거리기만
했어요.

　확실히 교장실에 나 있던 금은 점점 사라지고 벽에 걸려
있던 교장 선생님들의 사진도 꽤 깨끗해졌어요. 하지만 때
때로 학교가 즐거운 꿈을 꾸지 않으면 역시 한밤중의 학교
는 어둡고 외로울 뿐이에요.

　그런데 미와는 교장실 소파에 편하게 앉게 차를 마시며
아주 느긋하게 쉬고 있어요.

　"이것 봐. 맛있는 홍차야. 유키, 너도 마셔 봐. 좋은 차인
것 같아. 아주 맛있어."

　미와가 차를 권했지만 유키는 홍차 같은 것은 어른들이

나 마시는 거라고 생각했어요.

"미와도 함께 하는 게 좋지 않을까?"

유키는 용기를 내어 말해 보았어요.

"둘이서 서로 다른 곳을 찾아다니다 보면 새로운 아이들
을 더 많이 만날 거야."

"그렇지만 나도 몹시 바빠."

미와는 테이블 위에 펼쳐 놓은 분홍색 공책을 가리키며
말했어요.

거기에는 숫자들이 많이 쓰여 있었어요. 페이지 전체가

숫자들로 가득 차 있는 것 같았어요.

"돌을 시계에 끼워 넣을 때마다 숫자가 나타나잖아. 아마도 그건 그 아이가 겪은 일들이 학교에 새겨진 때를 가리키는 걸 거야. 그래서 전부 다 써 놓았는데……."

"그래서 뭘 알아냈어?"

"응. 지난 30년 동안에 생긴 일들인데 한 해에 두 사람이나 세 사람 있는 것 같아."

유키는 공책에 쓰인 숫자들을 보고 처음으로 이렇게 많은 '추억'이 학교에 새겨져 있다는 것을 알았어요.

유키가 도와줘서 보석으로 바뀐 것은 지금까지 열 명도 안 돼요. 다른 아이들은 미와 혼자서 애썼던 거예요.

"미와, 너 정말 대단하다."

유키가 존경하는 마음을 담아 이렇게 말하자 미와는 약간 슬픈 표정을 지었어요.

"어쩔 수 없잖아. 아주 오랫동안 여기에 있었으니까. 하지만 네가 여기에 온 이유를 이제야 알겠어. 내가 대하기 어려워하는 아이들은 거의 네가 해결해 주잖아. 역시 나 혼자는 힘들었던 거야. 네가 나머지 아이들을 전부 보석으로 바꿔 주면 분명 모든 게 잘될 텐데."

"그럴까?"

유키는 미와에게 인정받은 것 같아 약간 기뻤어요. 하지만 유키는 뭔가 잘못된 듯한 기분이 들었어요.

"미와는 누가 불러서 여기 온 거야?"

"부르다니? 그게 무슨 말이니? 난 발레 연습이 끝난 후에 학교 옥상에 볼일이 있었어. 그런데 가 보니 아무도 없는 거야. 그 뒤에 어쩌다 보니 집에 돌아가지 못하게 되었어."

"옥상에 볼일이라고?"

"응, 옥상에 망원경이 있어서 과학부 선생님과 함께 별

을 보기로 했었거든. 우리 오빠가 그런 것에 관심이 많아서 나까지 별이나 우주에 흥미를 갖게 되었어."

미와는 약간 고개를 숙이더니 말을 멈췄어요.

조금 있다가 미와가 유키에게 물었어요.

"너는 어땠는데?"

"나는 누가 불러서 온 거야. 어떤 작은 여자아이가 날 불렀어. 벌써 몇 번이나 만났어. 그 아이도 어쩌면 너처럼 얼떨결에 학교에 남게 된 건지도 몰라."

"나는 그 애가 누군지 모르겠는데."

"이름이 '와카'라고 했는데 아마 1학년일 거야. 우리처럼 다른 아이의 아픈 마음을 풀어 주려고 온 거 같아."

'와카'라는 이름을 듣고 미와는 입을 딱 벌리더니 유키를 흘겨보았어요.

"왜, 왜 그래? 갑자기 왜 그렇게 흘겨봐?"

유키는 뒷걸음질 쳤어요. 이유는 알 수 없지만 미와는 정말로 화를 내고 있었어요.

"나는 말이야, 그 이름이 세상에서 제일 싫어!"

유키는 그저 아무 말 없이 미와의 화가 풀리기만 기다렸어요.

그때 갑자기 교장실이 환해졌어요. 복도에 불이 들어온 거예요. 그와 동시에 발걸음 소리가 들렸어요. 유키와 미와는 서로 얼굴을 마주 보고 소파 뒤로 숨었어요. 교장실 문이 덜컹 하고 열렸어요.

빨간 옷이 보였어요. 교장 선생님이 온 거예요! 무슨 일인지 몰라도 어쨌든 선생님은 학교로 다시 돌아온 거예요. 교장 선생님이 책상 위에 가방을 올려놓고 의자에 앉는 것이 얼핏 보였어요.

"이상하게 오늘은 집에 돌아갈 기분이 안 드네."

　　교장 선생님은 혼잣말을 하더니 유키와 미와가 들으라
는 듯이 이런 말을 했어요.

　　"오늘도 또 꼬마 손님들이 온 모양인데."

　　유키는 가슴이 철렁해서 자기도 모르게 미와의 손을 꼭
잡았어요.

　　"꼬마 손님들은 홍차를 좋아하나 보네. 사용한 컵을 씻
어 놓으면 좋으련만. 오늘은 꼬마 손님들과 이야기를 할
수 있을까? 내 생각대로라면……."

　　교장 선생님이 일어나더니 물을 끓이는 가스레인지 앞
으로 걸어갔어요.

'앗! 이쪽으로 오신다. 어쩌지?'

유키의 심장이 터질 것처럼 쿵쾅거렸어요.

"얼른 가."

미와가 유키의 귓가에 속삭였어요.

"선생님이 안 보시니까 창문으로 나가. 뒷일은 내가 맡을게."

미와가 등을 떠밀어서 유키는 천천히 기어 책상 맞은편에 있는 창문까지 갔어요. 그런 다음 창문을 열어서 재빨리 뛰어내렸어요.

밖은 역시 밤이었어요. 안개가 걷히고 별들이 보였지요.

교문 밖을 보고 유키는 입이 딱 벌어졌어요.

학교 바깥에는 아무것도 없었어요! 검은 우주에 학교와 운동장만이 둥실 떠 있었어요. 학교가 마치 우주를 떠다니는 우주선 같았어요.

유키는 당황해서 학교 쪽으로 뛰어갔어요.

 풀에 묶여 도망칠 수가 없어!

'학교가 우주에 둥실둥실 떠 있어!'

유키는 두 눈으로 분명히 보았어요.

유령이 나타나거나 학교가 꿈을 꾸고 추억을 떠올리는 그런 일들보다 훨씬 큰일이 일어났어요. 학교가 이대로 저 멀리 우주로 날아가 버리면 어떡하지요? 그럼 두 번 다시는 집에 돌아갈 수 없어요.

'세상에, 정말 큰일이야! 우주에는 공기도 없잖아! 그럼 학교 안의 공기도 다 없어져서 숨도 쉬지 못하게 되겠네!'

그런 생각을 하자마자 갑자기 숨쉬기가 힘들었어요. 유키는 괴로움을 참고 다시 학교 쪽으로 열심히 달려갔어요.

'교장실로 돌아가서 얼른 미와에게 알려 줘야지.'

유키는 창문으로 기세 좋게 뛰어들었어요. 딱딱한 바닥에 쾅 부딪히면 아플 거라고 생각했는데 뜻밖에도 발밑에 푹신한 느낌이 들었어요.

'이게 뭐야?'

풀이에요. 교장실 안인데도 갈라진 벽 틈에서 풀이 무성하게 자라서 바닥이 온통 풀밭이었어요. 마치 교장실이 아니라 푸른 들판 같아요.

교장 선생님은 책상 위에 커다란 책을 펼쳐 놓고 앉아 있었어요. 책 표지에는 '졸업 사진'이라고 쓰여 있었어요. 교장 선생님은 유키가 교장실 안에 들어온 것을 아직 알아채지 못한 것 같아요. 게다가 교장실이 온통 풀밭으로 변

했는데 아무렇지도 않은 모양이에요.

교장 선생님은 자리에서 일어서서 열린 창문 쪽으로 다가왔어요.

"바람이 참 기분 좋게 부는구나."

교장 선생님이 말했어요.

교장 선생님은 바닥의 풀이 안 보이는 걸까요? 또 창밖의 하늘은요? 별들이 가득하고 운동장 저편까지 새까만 우주가 펼쳐져 있는데 정말 보이지 않는 것일까요?

문득 아래를 내려다보니 풀밭 사이로 분홍색이 보였어요. 미와의 노트예요. 시계 숫자판에 나타났던 숫자들을 빽빽이 써 놓은 다음 페이지에 이런 말이 쓰여 있었어요.

교장 선생님한테 들키면 안 돼. 예전에 한 번 들킬 뻔했는데, 기절하는 줄 알았어. 그대로 사라져 버리는 줄 알고 깜짝 놀랐지 뭐야. 그땐 굉장히 기분이 나빴었지.

유키는 가슴이 철렁했어요. 사라져 버리다니 대체 무슨 뜻일까요? 집으로 돌아가는 게 아니라 정말로 사라져 버리는 것일까요?

"이제 그럼 꼬마 손님들이 만나러 올 때까지 기다려 볼

까? 오늘 밤에는 꼭 만나러 와 주면 좋을 텐데⋯⋯.”

　교장 선생님은 도통 알 수 없는 말을 해요.

　'하지만 교장 선생님, 지금 우리는 우주를 날고 있어요!
교장실은 이렇게 풀밭이 되었고요!'

　유키는 마음속으로 외쳤어요.

　노트 끝을 꽉 잡자 손가락이 미끄러지면서 다음 페이지
로 넘어갔어요. 거기에도 미와가 써 놓은 글이 있었어요.

공기는 없어지지 않으니까 걱정하지 마. 전에도 이런 일이 있었어. 하지만 정말 이 풀들은 싫어. 뭔가 기분이 나빠. 만약 우리가 정말 우주에 있는 거라면 어디까지 갈까? 이렇게 기분 나쁜 곳에서 벗어나 우주로 갈 수 있다면 좋을 텐데!

마치 미와가 바로 옆에서 이야기하고 있는 것 같아 유키는 깜짝 놀랐어요.
그리고 다음 페이지에는 이렇게 쓰여 있었어요.

아무튼, 보석을 계속 모아야 해. 와카를 만나면 함께 열심히 아이들을 도와주어야 해……

이 글을 쓸 때 굉장히 서둘렀는지 글씨가 삐뚤빼뚤했어요. 그리고 말이 도중에 끊겨 있었어요.
마지막에는 이런 글이 쓰여 있었어요.

큰일이야! 들킨 것 같아. 도와줘!

유키는 가슴이 쿵쾅거렸어요.

미와는 어디로 간 것일까요? 도우려면 어떻게 해야 하지요? 움직이면 교장 선생님한테 들켜 버릴 것 같아서 유키도 이곳에서 꼼짝할 수가 없어요.

갑자기 마음이 불안해졌어요. 지금까진 미와가 있었기 때문에 깜깜한 밤에 학교에 있어도 참을 수 있었어요. 몇 번이나 아픈 추억들을 달래어 보석으로 바꿀 수 있었어요. 하지만 미와가 없으면 아무것도 할 수 없어요!

갑자기 쉬익 하는 소리가 나서 돌아보니 가스레인지 위에 올려놓은 물이 끓고 있었어요.

'미와일까? 미와가 차를 마시려고 물을 끓이고 있었던 걸까?'

"그럼, 나도 홍차를 한 잔 마셔 볼까?"

교장 선생님이 마치 누군가에게 말을 거는 것처럼 말했어요. 그리고 자리에서 일어나 가스레인지 쪽으로 가서 홍차를 탔어요. 그런 다음 책상으로 돌아가서 방 안을 휙 둘러봤어요.

유키는 몸을 더욱 웅크리며 숨었어요.

'이대로 있다가는 들켜 버릴 것 같아!'

창문 쪽을 본 유키는 깜짝 놀라 자기도 모르게 "앗!" 하고 소리쳤어요. 창문 옆에 작은 아이가 서 있었던 거예요.

와카예요! 교장 선생님의 바로 뒤쪽에 몰래 서 있어요.
와카는 이쪽을 보다 유키와 눈이 마주치자 활짝 웃었어요.

그뿐만이 아니에요. 와카는 교장 선생님 쪽으로 살그머
니 다가가 졸업 사진을 훔쳐보았어요.

'와카, 그러면 안 돼! 교장 선생님한테 들키면 큰일 난단
말이야!'

유키는 소파 뒤쪽으로 천천히 돌아가 얼굴을 반쯤 내밀
고는 와카에게 손짓을 했어요. 마음이 조마조마했지만 다
행히 교장 선생님에게 들키지 않았어요. 유키는 와카에게
"쉿!" 하며 조용히 하라는 신호를 보낸 다음 따라오라고

귓속말을 했어요.

둘은 교장 선생님 쪽에서 보이지 않는 곳을 골라 기어갔
어요. 바닥은 온통 풀밭이었어요. 오래된 시계에도 가느다
란 덩굴들이 휘감겨 있었어요. 복도에도 군데군데 풀이 자
라 있었어요. 그 풀이 유키와 와카의 발에 감기더니 잡아
당기려 해요.

"유 오빠! 정말 기분 나쁜 풀이야. 발에 감겨서 자꾸 잡

아당겨."

와카가 가던 것을 멈추고 발에 감기는 풀들을 떼어 내려
고 했어요. 그러자 덩굴들이 쑥쑥 자라더니 와카의 몸까지
둘둘 휘감았어요.

유키는 힘껏 풀을 잡아당겼어요. 그리고 와카의 손을 잡
고 서둘러 도망쳤어요.

와카와 열심히 보석을 모아야 해!

"우리 함께 보석을
모으자!"

유키가 와카에게 말했어요.

와카는 어리기 때문에 유키
가 더욱 열심히 노력해야 해요.

하지만 사실은 유키도 자신이 없어요.

교장실에서는 갑자기 풀이 나기 시작하고, 학교 건물은
우주를 떠다니고 있어요. 믿을 수 없는 일들이 정말로 일
어나고 있었어요.

와카가 풀밭에 들어가는 건 정말로 싫다고 했어요. 그래

서 할 수 없이 풀이 나 있지 않은 2층과 3층만 걸어 다녔어요.

음악실에서는 와카와 비슷한 또래의 작은 남자아이가 혼자 피리를 불고 있었어요. 연주 솜씨가 아주 서툴렀어요. 아마 너무 서툴러서 선생님에게 야단을 맞고 연습을 하는 모양이에요. 손가락 위치가 틀려서 피리에서 이상한 소리가 났어요. 유키가 그걸 알려 주자 남자아이는 울 것 같은 표정이 되었어요.

"삐익!" 하고 찢어지는 듯한 높은 소리가 났어요. 와카가 다른 피리를 들고 있는 힘껏 불었기 때문이에요. 남자

아이도 "삐!" 하고 피리를 불었어요. 귀를 막고 싶을 정도로 듣기 싫은 소리가 났어요.

두 사람 모두 손가락을 제멋대로 움직이기 때문에 이상한 소리가 난 것이지요. 그래도 마지막에는 신기하게 제대로 피리 소리가 나서 음악이 되더니 그 남자아이는 스르르 사라졌어요.

아이가 사라진 자리에는 선명한 노란색 돌이 "삐!" 하는 피리 소리를 내면서 굴렀어요.

와카가 그 아이의 마음을 어루만져 주었던 거예요.

"잘했어!"

유키가 와카에게 말했어요.

3학년 교실에는 슬픈 얼굴을 한 여자아이가 앉아 있었어요. 말을 걸어도 아무런 대답을 하지 않았어요.

와카는 근처에 있는 노트를 찢어서 귀여운 그림을 그렸어요. 그리고 예쁘게 접더니 "편지야!"라고 말하면서 그 아이에게 주었어요. 단지 그것뿐이었는데 여자아이는 싱긋 웃었어요.

그리고 이번에는 여자아이가 손을 펴서 와카에게 작게 접은 종이를 주었어요. 종이는 짤랑 소리와 함께 와카의 손에서 분홍색 돌이 되었어요.

"언니는 편지를 보낼 친구가 없었던 거야."

와카는 어떻게 그런 것을 알았을까요?

그 후에도 와카는 '학교의 추억' 속에 나오는 많은 아이
의 마음을 달래 주었어요.

체육관에서는 아침 조회 시간에 오줌을 쌀 뻔한 1학년을
화장실에 데려다 주었어요. 그리고 수영장 사물함에 놓아

둔 옷이 없어진 아이와 함께 옷을 찾으러 다녔지요.

와카는 어리지만 굉장히 생각이 깊고 머리가 좋아요. 처음엔 1층을 뒤덮고 있는 풀을 무서워하더니 점점 씩씩해졌어요. 유키는 속으로 정말 대단하다고 감탄했어요. 그리고 자신은 역시 아무것도 하지 못한다는 생각이 들어 슬퍼졌어요. 왜냐하면 어린 와카가 훨씬 어른스럽게 보이잖아요.

1학년 교실에서 한 남자아이가 화를 내고 있었어요. 얼굴이 빨개져서 입을 삐죽 내밀고 큰 소리로 외쳤어요.

"우산 아니야, 우사미란 말이야!"

모두 '우산'이라고 놀려서 화가 난 모양이에요.

'와카라면 이럴 때 어떻게 할까?'

살짝 옆을 보니 와카는 금방 울음을 터뜨릴 것 같은 얼굴로 서 있었어요. 그래서 유키가 와카 대신 남자아이의 이야기를 들어줬어요. 남자아이의 이름은 우사미인데 발음이 비슷해서 모두 '우산'이라고 놀린다고 해요.

이름 때문에 다른 사람을 놀리는 것은 나쁜 일이에요. 남자아이와 함께 화를 내고 있는 동안 유키의 손 안에 불처럼 뜨거운 돌이 떨어졌어요.

이번에는 '화내는 돌'인가 봐요.

"고마워, 유 오빠. 고마워."

이유는 몰라도 와카가 그 남자아이 대신 고맙다는 인사를 했어요. 그리고 커다란 소리를 내며 울기 시작했어요.

남이 놀림 받는 걸 보고 따라 울다니, 역시 와카는 아직 어려요. 유키는 와카의 등을 토닥토닥 두드리면서 울음이 그치기를 기다렸어요.

어쨌든 이렇게 해서 둘이 열심히 아이들을 돕고 있는 동안에 유키의 주머니는 여러 가지 색깔의 보석으로 가득찼어요.

'슬슬 오래된 시계가 있는 교장실로 이 돌들을 가져가야겠어.'

2층 계단이 가까워지자 아래쪽에서 누군가의 발소리가 들렸어요. 유키는 와카와 함께 복도 벽에 딱 붙어서 몸을 숨겼어요. 예상대로 역시 교장 선생님이었어요. 유키와 와카는 들키지 않도록 계단을 올라갔어요.

교장 선생님이 안 보이자 유키는 와카의 손을 잡아당겼어요. 지금은 교장실에 아무도 없을 거예요.

'그래도 교장실에는 정말 가기 싫어.'

유키조차 이렇게 생각할 정도니 와카의 눈에 눈물이 그렁그렁 맺힌 것은 당연해요. 온몸에 풀이 휘감겨서 무서운

거예요.

"무서워도 가야 해, 안 그러면 집에 돌아갈 수 없어."

유키가 말하자 와카는 고개를 끄덕이며 따라왔어요.

1층 복도는 풀로 가득했어요. 풀이 잡아당기기 전에 빨리 달려갔어요. 교장실 입구는 녹색의 동굴처럼 보였어요.

"유 오빠, 무서워."

와카가 유키의 손을 꼭 잡았어요.

"괜찮을 거야."

유키는 자기 자신에게 다짐하듯 말하며 와카의 손을 꼭 잡아 주었어요.

교장실 안은 이제 소파나 책상이 어디에 있는지도 보이지 않을 정도였어요. 풀뿐만이 아니라 나무도 몇 그루 있었어요.

시계에는 굵은 밧줄 같은 덩굴이 휘감겨 있었어요. 유키는 그것을 사다리처럼 타고 올라가 주머니 속의 보석들을 하나씩 숫자판에 끼워 넣었어요. 그러자 시계는 지금까지와는 달리 세차게 흔들렸어요. 그리고 금색으로 환하게 빛났어요.

유키는 덩굴에서 떨어져 풀밭에 엉덩방아를 찧었어요. 시계의 숫자판

은 예쁜 동그라미가 되어 있었어요.

'드디어 해냈어!'

마침내 시계가 원래대로 돌아왔어요.

'이제 집에 갈 수 있어!'

하지만 뭔가 이상해요.

천장을 보니 교장실의 갈라진 틈은 그대로였어요. 그 틈 새로 풀이 들어가 원래대로 돌아가지 못하는 거예요.

'애써 시계를 동그랗게 만들어 놓았는데 이래서는 아무 소용도 없잖아.'

유키는 교장실 안쪽으로 들어가 창문을 열었어요.

역시 학교는 아직도 우주를 날아다니고 있었어요.

미와가 학교 옥상에서 사라졌다!

유키는 교장실을 나와서 생각했어요.

'일단 미와를 찾아야겠어.'

유키는 미와가 분명히 어딘가에 있을 거라고 믿었어요. 노트에 그런 글을 쓰고 나서 틀림없이 어디론가 도망쳤을 거예요. 그런데 어디에 있는 걸까요? 교실이나 체육관, 수영장 그리고 운동장까지 거의 다 가 봤어요. 가 보지 않은 곳은 이제 아무 데도 없는 것 같아요.

"학교 옥상은 어디야?"

와카가 갑자기 물었어요.

학교에도 옥상이 있어요. 하지만 아이들은 옥상에 올라

갈 수 없어서 생각도 해 보지 않았어요. 그러고 보니 아까 계단을 올라간 교장 선생님은 어디로 간 걸까요?

옥상에 올라가자 운동장에 있을 때와는 달리 더욱 멀리까지 볼 수 있었어요. 주변은 별들이 가득해서 학교가 마치 작은 우주선이 된 것 같았어요. 운동장을 내려다보자 밧줄처럼 생긴 덩굴들이 학교 건물에 엉겨 붙어 있었어요.

"꼬마 손님들, 거기 있니?"

여자 목소리예요! 교장 선생님이에요! 이쪽을 보고 있나
봐요.

"옛날 이곳에는 천체망원경이 있었어. 과학부 아이들이
밤에 여기 모여 별을 보곤 했어."

'미와가 예전에 이런 말을 하지 않았나?'

유키는 그런 생각에 잠겨 있다가 문득 옆을 보았어요.
그런데 와카가 없어졌어요! 교장 선생님한테 들키면 사라
져 버리게 될지도 모른다고 미와가 말했었는데.

유키는 교장 선생님과 눈이 딱 마주쳐서 깜짝 놀랐어요.
그런데 아무 일도 일어나지 않았어요. 교장 선생님은 유키
를 지나쳐 더욱 먼 곳을 바라보고 있는 것 같았어요.

유키가 뒤돌아보자 커다란 천체망원경이 있었어요.

"오래된 망원경이 초등학교 옥상에 설치되어 있었어. 망
원경으로 달님을 보면 울퉁불퉁한 것이 참 재미있지. 토성
은 정말로 도넛처럼 생겼단다. 저 멀리 은하는 둥실거리는
구름처럼 빛이 나……."

교장 선생님의 목소리는 보통 때와 달리 여자아이 목소

리 같았어요.

어? 여자아이?

"미와!"

분명 교장 선생님이 있었는데 어느새 그 자리에 미와가 있었어요. 교장 선생님도 미와도 모두 빨간 옷을 입고 있었어요.

"미와, 어디에 있었니? 시계가 이제 동그랗게 되었어. 돌을 전부 모은 것 같아."

"응, 알고 있어. 그래서 이제 난 돌아갈 수 있게 되었어."

"뭐?"

유키가 말했어요.

"하지만 학교는 우주를 날아다니고 있잖아. 교장실하고 1층은 온통 풀밭이야."

"우주를 날아다니고 있는 건 내 탓이야. 내 꿈은 천문학자가 되는 거야. 여기서 별을 볼 때마다 우주를 날고 있는 것 같은 기분이 들었어."

"네 꿈은 발레리나 아니었어?"

"천문학자가 되는 것도 꿈이야. 그리고 꿈이 또 있어. 케이크 가게 주인도 되고 싶고, 예쁜 신부도 되고 싶고, 엄마도 되고 싶어."

유키는 입이 딱 벌어졌어요. 미와는 정말 욕심쟁이예요!

"내가 학교 옥상에 올라왔던 날, 과학부 아이들이 선생님과 함께 별을 보고 있는 줄 알았는데 아무도 없었어. 그래서 혼자 춤을 췄어."

그렇게 말하며 미와는 발레리나처럼 발끝으로 섰어요. 허리 앞에 양손을 가볍게 마주 대고 포즈를 취하면서 춤을 추기 시작했어요.

발레였어요. 유키는 지금까지 한 번도 발레를 제대로 본 적이 없었지만 그래도 발레라는 것을 금방 알 수 있었어요. 손과 발이 너무 예쁘게 움직여서 가슴이 두근두근 뛸 정도로 아름다웠어요.

별이 수없이 많이 떠 있는 하늘도 함께 춤을 추었어요. 얼마 지나지 않아 미와가 하늘을 향해 손을 내밀었어요. 그러자 밤하늘에 떠 있는 총총한 별들이 떨어졌어요. 우주가 전부 미와의 손 안에 모이더니 눈부신 빛으로 변했어요. 크고 투명한 우주의 보석이 되었어요.

"난 이제 돌아갈게."

"나는? 나는 어떻게 돼?"

유키는 갑자기 불안해졌어요.

"너도 돌아가게 될 거야. 하지만, 나와 함께 가는 건 아

니야. 왜냐하면 나와 너는 사는 시간이 달라. 나는 이 학교가 처음 생겼을 때 입학한 1학년생이었어."

유키는 머리가 어질어질했어요. 학교가 처음 생겼을 때 입학했다면 대체 얼마나 오래전일까요?

"내 이름은 '나나미 와카코'야, 나나미의 '미' 하고 와카코의 '와'를 따서 미와라고 불러. 이제 알겠지? 내가 누군지."

미와가 말했어요.

'나나미 와카코……. 와카! 미와랑 와카는 같은 사람이었구나!'

하지만 어째서 한 사람이 나이가 다른 두 사람으로 나뉘어 같은 장소에 있는 걸까요?

미와가 생긋 웃자 보석이 부서지면서 여기저기로 뿔뿔이 흩어졌어요. 강한 빛에 눈앞이 하얘졌어요. 정신이 들자 안개가 끼어 있었어요. 미와가 있던 곳에는 분홍색 노트가 떨어져 있었어요. 마지막 페이지에는 새 글이 쓰여 있었어요.

1학년일 때 목상한 일이 있었어. 그래서 나도 학교의 축익이 되었나 봐. 너라면 와카를 꼭 도와줄 수 있을 거

야. 하지만 나는 할 수 없어. 나는 날 '와카'라고 부르는 게 제일 싫었어. 지금도 그렇게 부르면 화가 나. 그리고 우리 오빠가…… 미안, 서둘러야겠어. 돌아갈 시간이 되었어. 아무튼, 유키에게 부탁할 수밖에 없어. 나는 좋아하는 일도 많았고 하고 싶은 일도 많았어. 그래서 열심히 할 수 있었어. 그 아이에게, 그러니까 1학년 시절의 나에게 그 사실을 가르쳐 줘. 와카를 도와줘.

유키는 3학년 교실의 창문에 기대어 이 글을 읽었어요.

108

수수께끼 같은 글이에요.

미와랑 와카가 두 사람이 아니라 '나나미 와카코'라는 같은 여자아이라는 것은 알았어요.

'그런데 어떻게 하면 와카를 만날 수 있지? 좋아하는 일이 있어서 열심히 할 수 있었다니 대체 무슨 뜻일까? 그리고 교장 선생님은 어째서 이렇게 깜깜한 밤중에 학교에 계신 거지? 대체 누굴 보고 '꼬마 손님들'이라고 부르면서 말을 걸고 계신 걸까?'

유키는 갑자기 이 모든 일이 게임 같다고 생각되었어요. 게다가 집에서 혼자 하던 게임보다 훨씬 재미있었어요. 와카를 도와줘야 한다는 커다란 목적이 있고 그 목적을 이루면 집에 갈 수 있다는 것도 알았어요.

'나도 한밤중에 학교에 혼자 있는 것은 무서운데, 어린 와카는 더욱 무서울 거야.'

유키는 곰곰이 생각했어요. 수수께끼를 푸는 게임에서 가끔 어떻게 하면 다음으로 나아갈 수 있을지 잘 모를 때가 있어요. 그럴 때는 여기저기 있는 힌트를 모아야 해요.

'이번에는 무엇이 힌트일까? 와카가 특별히 좋아하거나 아니면 특별히 싫어하거나 무서워하는 것은 뭘까? 그래! 몸에 달라붙는 풀과 나무가 있던 교장실이야. 그리고 이름

때문에 '우산'이라고 놀림을 당해서 화를 냈던 그 남자아이. 그때 와카는 함께 화를 내며 울었었지.'

그때 유키에게 누군가의 목소리가 들려왔어요. 머릿속에서 그 목소리가 울려 퍼졌어요.

"도와줘, 유 오빠. 도와줘!"

와카예요! 어딘가에서 유키를 부르고 있어요.

와! 세계가 바뀌고 있어

계단과 창문으로 풀이 기어올라 2층에 있는 몇몇 교실은 밀림처럼 변했어요. 그중에서도 맨 끝 쪽에 있는 1학년 1반 교실은 더욱 심했어요. 풀과 덩굴이 뒤덮여 있어 책상과 의자도 보이지 않아요.

그곳에 와카가 있었어요. 쭈그리고 앉아 머리를 숙이고 있었어요. 와카의 발에 풀들이 바스락거리며 감겨 왔어요.

"와카, 무슨 일이니? 유 오빠가 왔어."

유키가 불러도 와카는 고개를 숙인 채 꼼짝도 하지 않았

111

어요.

유키는 옆에 나란히 앉아 와카의 얼굴을 들여다봤어요.

"와카는 바보가 아니란 말이야."

"당연하지. 와카는 똑똑하고 멋진 아가씨가 될 거야."

"바보가 아니야. 난 와카야."

와카는 울면서 화를 내고 있었어요.

유키는 갑자기 깨달았어요. 와카는 이름 때문에 바보라고 놀림을 당하고 있었던 거예요. 와카와 발음이 비슷해서 바카('바카'는 일본어로 바보라는 뜻 —옮긴이)라고 말이에요.

'너무 심해!'

유키도 "이름이 유키인 주제에 용기('유키'는 일본어로 용기라는 뜻 —옮긴이)가 없다."라는 말을 듣고 굉장히 분했던 기억이 떠올랐어요.

"있잖아, 메구미가 이사를 가 버렸어. 메구미는 나랑 가장 친한 친구였는데 말이야. 메구미네 집에서 고양이를 기르는데 새끼 고양이가 태어났어. 얼마나 귀엽다고. 그런데 엄마가 우리 집에서는 키울 수 없대. 그리고 발레도 잘 못해. 내가 제일 작아. 토슈즈도 신을 수 없어. 또 아빠랑 엄마가 싸우셔. 와카가 나쁜 아이라서 그런 걸까?"

유키는 왜 자신이 여기에 오게 됐는지 차츰 알 것 같았어요.

유키는 와카가 지금 얼마나 속상할지 잘 알아요. 아주 잘 알지요. 유키도 똑같은 기분을 느낀 적이 있거든요. 예전에 까마귀가 유키의 새끼 고양이를 쪼아서 죽인 적이 있었어요. 또 정말 친했던 친구 다케시는 3학년이 되기 전에 이사를 가 버렸어요. 그리고 아빠는 날마다 늦게 들어와서 엄마랑 얘기를 별로 안 해요.

"오빠는……."

와카가 다시 말을 이었어요.

"우리 오빤 병에 걸려서 죽었어. 와카가 오빠를 얼마나 좋아했는데……. 이제 오빠를 볼 수 없어서 너무 슬퍼."

와카의 목소리가 떨리고 있었어요.

오빠가 병에 걸려 죽었다니……. 와카의 오빠는 미와의 오빠이기도 하지요. 별이랑 우주에 대해 가르쳐 주기도 하고, 숲 속에서 길을 잃었을 때도 구해 주었던 그 오빠예요.

유키는 무서워졌어요. 죽는다는 것은 어떤 일일까요?

할아버지가 돌아가셨을 때 유키는 그것이 무슨 뜻인지 잘 몰랐어요. 사람이 나이를 아주 많이 먹으면 죽는 거라고 들었는데, 어린아이도 죽는 걸까요? 죽으면 어떻게 되는 걸까요?

문득 정신이 들자 유키의 발목에도 풀이 감겨 있었어요.

'이래선 안 돼!'

유키는 발목에 감긴 풀들을 떼어 내고 와카 앞으로 갔어요. 참 작은 어깨예요. 미와는 그렇게 씩씩했는데 와카는 정말 작아요. 두 손을 와카의 어깨에 얹자마자 와카의 마음이 전해졌어요. 불안해서 어쩔 줄 몰라 하는 마음이었어요.

오빠가 죽고 아빠와 엄마가 자주 다투고, 새끼 고양이도 키울 수 없고, 발레할 때 신는 토슈즈는 너무 커서 벗겨졌어요. 그리고 가장 친한 친구는 이사를 가 버렸어요. 불안한 마음이 가득했는데 학교 친구들은 이름 때문에 '바보'라고 놀려 댔지요.

"와카, 다 잘될 거야. 친한 친구는 금방 또 생길 거야. 그리고 넌 바보가 아니야. 엄마랑 아빠도 와카를 얼마나 예뻐하시는데. 정말이야!"

"유 오빠가 우리 오빠가 되어 줄 테야?"

"그럼. 내가 네 오빠가 되어 줄게. 그러니까 기운을 내. 와카는 발레도 좋아하고, 별도 좋아하고, 좋아하는 일들이 많잖아. 그러니까 좋아하는 일들을 하면 돼. 모든 게 다 잘

될 거야."

유키는 와카의 등을 토닥토닥 두드려 주었어요.

"틀림없이 그럴 거야."

와카는 몇 년만 지나면 지금보다 훨씬 건강하고 똑똑해져서 미와가 될 거예요. 그리고 그 후에는…….

유키는 "꼭 그럴 거야."라고 다시 한 번 말했어요. 와카는 마침내 고개를 들었어요. 얼굴은 아직 눈물로 범벅이었어요.

"사과가 웃으면? 풋사과!"

유키가 장난치며 말했어요.

그러자 와카는 눈물범벅인 얼굴로 활짝 웃었어요.

"바나나가 웃으면? 바나나 킥! 왕이 쓰러져서 나는 소리는? 킹!콩!"

"유 오빠, 재밌다!"

"정말 다 잘될 거야, 와카."

유키는 다시 한 번 와카의 등을 쓰다듬어 주었어요.

"정말?"

"그럼! 꼭."

그때 와카의 등에 닿은 손에서 굉장히 따뜻한 것이 전해졌어요. 화나고 슬픈 마음도 있지만, 그것보다 훨씬 강하

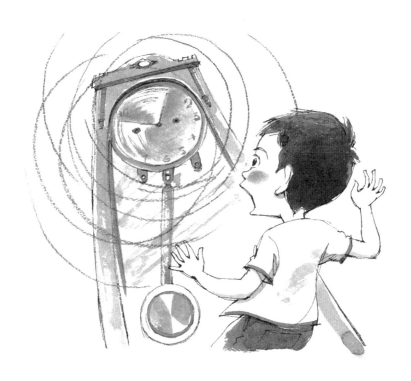

게 학교에 있으면 즐겁다고 생각했을 때의 기분이 들어서 몸 전체가 따뜻해졌어요. 그리고 그 따뜻한 온기가 유키의 몸을 지나 학교 전체로 퍼져 나갔어요.

와카의 발과 허리에 감겨 있던 풀들이 슉슉 소리를 내며 연기처럼 사라졌어요. 그 순간 와카도 사라졌어요. 마지막에 본 것은 귀여운 발레리나 자세를 하고 웃는 모습이었어요.

어느새 유키의 손에는 다이아몬드처럼 환하게 빛나는 돌이 있었어요. 그 돌은 미와가 사라지기 직전 미와의 두 손 안에 모였던 수많은 밤하늘의 별들을 하나의 보석으로 만든 것처럼 빛나고 있었어요. 유키는 와카의 돌을 갖고 계단을 내려갔어요. 돌에서 나는 빛을 비추자 잡초나 덩굴들이 없어지면서 길이 생겼어요.

교장실에 들어서자마자 돌은 유키의 손을 떠나 공중에 둥실 뜨더니 오래된 시계의 숫자판으로 빨려 들어갔어요. 시곗바늘이 굉장히 빨리 돌아갔어요. 시간이 앞으로 가는지 뒤로 가는지 모를 만큼 빠른 속도로 돌았어요. 그리고 환한 빛을 냈어요. 그러자 시계를 감고 있던 덩굴이 순식간에 연기처럼 사라졌어요. 교장실에 있던 풀도 점점 사라졌어요.

그리고 교장실에 교장 선생님이 있었어요. 몸을 감고 있던 풀들이 사라지자 교장 선생님은 주변을 돌아보았어요.

유키는 교장 선생님과 눈이 딱 마주쳤어요. 교장 선생님은 유키를 향해 고개를 끄덕였어요. 유키는 놀라서 가슴이 쿵쾅거렸어요. 유키가 여기 있는 게 보이나 봐요!

"나도 초등학생일 때가 있었단다."

교장 선생님은 아주 천천히 말했어요. 조회 시간에 연설할 때보다 훨씬 부드러운 눈빛이었어요.

"고맙구나, 꼬마 손님. 정말로 오랜만이네. 고마워, 네가 구해 준 거야."

복도와 교실에서 아이들 목소리가 들렸어요. 학교 전체가 환하게 빛났어요. 눈이 부셔서 보이지 않을 정도예요.

문득 정신이 들자 유키는 학교와 체육관을 가로지르는 복도 앞에 서 있었어요. 미와를 처음 만났던 곳 근처예요. 밤하늘에는 아파트에서 새어 나오는 불빛이 보였어요. 학교도 보통 때와 같은 모습이었어요. 하지만 유키는 어쩐지 무척 외로웠어요.

"미와! 와카!"

유키는 큰 소리로 불러 보았지만 아무 대답도 없었어요.

그 대신 "여기 있다!" 하는 남자 어른의 목소리가 들리더니 바로 유키의 이름을 부르는 엄마의 익숙한 목소리가 이어졌어요.

'엄마!'

유키는 몸에서 힘이 빠져 기운이 없었지만, 엄마 품속으로 힘차게 뛰어들었어요.

120

 앗! 드디어 모든 것을 알았어!

오전 10시, 해는 벌써 하늘 높이 떠 있었어요. 유키는 마침 교문 앞에서 체육관을 보고 있었어요.

아이들이 많이 모여 있었어요. 이제 곧 '여름방학 댄스 교실'이 시작되는 시간이기 때문이에요. 유키도 그것 때문에 왔어요. 집에서 게임만 했더니 엄마가 유키를 나무라며 운동하고 오라며 보낸 거예요.

하지만 유키는 춤이 싫어요. 그래서 교문 앞에서 우물쭈물하고 있는데 학교 안에서 목소리가 들렸어요.

"도와줘!"

유키는 흠칫했어요. 방학식 하는 날 한밤중에 학교에서

헤매던 때가 생각났어요.

　그날 엄마가 유키를 찾은 것은 유키가 학교에 오고 나서 한두 시간밖에 지나지 않았던 때예요. 그때 그 일이 정말로 일어난 것일까요? 시간이 지나자 유키 자신도 점점 믿을 수 없게 되었어요. 어쩌면 꿈을 꾼 건지도 몰라요.

　하지만 지금 다시 누군가가 "도와줘!"라며 유키를 부르는 것 같아요. 교문 바로 옆에서 남자아이가 울고 있었어

요. 유령이 아니라 진짜 1학년 아이였어요.

유키는 그 아이에게 다가가서 물었어요.

"왜 그러니?"

아이는 아무런 대답이 없었어요. 아무래도 다리를 삔 것
같았어요.

"양호실에 가자."

유키는 남자아이를 부축해서 걷기 시작했어요. 남자아
이에게 금방 괜찮아질 거라고 말하면서 걸었어요.

양호실에서 선생님이 파스를 붙여 주자 남자아이는 거우 울음을 멈췄어요. 그리고 활짝 웃었어요. 유키는 굉장히 기뻤어요. 학교에서 환한 금색 빛이 난 것 같았지만 그것은 착각이었어요.

체육관에서는 벌써 댄스 교실이 시작되었어요. 무용 선생님 옆에 교장 선생님이 있었어요. 때때로 발끝으로 서기도 하고 손을 길게 뻗기도 하면서 발레를 하는 것처럼 춤을 추고 있었어요.

'설마 교장 선생님이……'

갑자기 가슴이 두근거렸어요.

유키는 학교 건물로 돌아가 교장실에 살그머니 숨어 들어갔어요. 오래된 시계는 똑딱똑딱 소리를 내면서 움직이고 있었고 벽과 천장 모두 깨끗했어요. 유키는 책장에 꽂혀 있는 졸업 사진을 꺼냈어요. 이 학교의 첫 1학년이 6학년이 되어 졸업한 해의 졸업 사진이에요. 유키는 시계 옆에 있는 소파에 앨범을 놓고 펼쳐 보았어요.

미와가 있었어요. 6학년 1반 나나미 와카코. 나나미의 '미' 와 와카코의 '와' 를 따서 붙인 미와. 앨범 속의 미와가 새침한 표정으로 유키를 바라보고 있었어요.

'역시 있었구나. 미와는 정말로 있었던 거야! 그리고 지

금 미와는……'

벽에 걸려 있는 교장 선생님의 사진에는 각각 이름이 쓰여 있었어요. 지금 교장 선생님의 이름은 '우쓰미 와카코'예요.

유키는 '우쓰미 와카코'라고 소리 내어 읽어 보았어요. 우쓰미도 '미'로 끝나니까 미와예요. 유키는 갑자기 가슴이 콩닥거렸어요.

교장실을 나와 주위를 둘러보았어요. 복도 저쪽에서 발소리가 들렸어요. 많은 사람이 이쪽을 향해 걸어오고 있었어요. 교장 선생님과 다른 선생님들이었어요. 댄스 교실이

끝나고 돌아오는 길인가 봐요.

유키는 교장 선생님과 눈이 마주쳤어요. 선생님은 춤을 추느라고 안경을 쓰지 않았어요. 안경을 벗은 것뿐인데 전혀 다른 사람처럼 보였어요.

"3학년 1반 유키. 규칙적인 생활은 하고 있겠지?"

"아, 네."

유키는 머뭇머뭇 대답했어요.

역시 교장 선생님이세요. 유키가 여름 방학 동안 빈둥거리며 지내는 것을 알아챘나 봐요.

"방학식 날 밤에 학교에 왔던 건 너였지. 아무튼, 무사해서 다행이야."

교장 선생님은 유키 앞에 가까이 쭈그리고 앉았어요. 안경을 쓰지 않은 교장 선생님의 얼굴은 아무래도 누군가와 닮은 것 같아요.

"교장 선생님이 초등학생일 때는 꿈이 참 많았단다. 그중에서 이루어진 것은 예쁜 신부가 되고 엄마가 된 것뿐이야. 하지만 지금은 내 딸이 천문학자가 되고 싶어 한단다."

유키는 심장이 쿵 하고 내려앉는 것 같았어요. 이제야 일이 어떻게 된 것인지 알겠어요.

교장 선생님이 살그머니 다가와 양팔로 유키의 등을 꼭

껴안았어요. 그리고 귓가에 속삭였어요.

"고맙다, 유키. 네가 그 꼬마 손님이었구나. 나는 발레리 나도, 천문학자도, 케이크 가게 주인도 아닌, 선생님이 되었단다. 이 학교의 교장이 되리라고는 꿈에도 생각하지 못했지. 신기했던 그날 밤의 일도 모두 잊어버리고 말았어. 그런데 네 덕분에 다 생각났단다."

"교장 선생님은 졸업 사진에도 있었어요."

"결혼해서 성은 바뀌었지만(일본은 우리나라와 달리 여성이 결혼하면 남편의 성을 따른다. ―옮긴이) 지금도 미와란다. 와카이기도 하고. 하지만 지금은 내 이름이 마음에 들어. 그래서 미와가 아니라 와카코야. 어렸을 때는 벌레를 참 싫어했지만, 초등학교 선생님은 벌레를 싫어하면 안 되지. 왜냐하면 유키처럼 벌레를 좋아하는 아이들이 많이 있어서 나한테 벌레랑 이상한 동물들을 보여 주고 싶어 하거든. 지금은 가족과 함께 숲이나 산을 걷는 것을 제일 좋아한단다."

조금 빠른 말투였지만 알기 쉽게 설명하는 것은 미와와 똑같았어요.

그러니까 결국 교장 선생님은 '미와' 이기도 하고 '와카' 이기도 해요. 그리고 그때 여러 가지 일들로 불안해서 어

절 줄 몰라 했던 거예요. 교장 선생님도 지금의 유키보다
훨씬 어린 초등학생일 때가 있었나 봐요.

"다 잘될 거야."

유키는 자기도 모르게 이렇게 말
했어요.

'와카는 다 잘될 거야. 좋아하는
일들을 열심히 하고 있으면 틀림없
이 다 잘될 거야.'

"응, 선생님이 되어서 참 좋단다. 좋
아하는 일이었으니까. 유키도 공부뿐 아니라 좋아하는 일
들을 많이 하렴. 유키의 좋은 점들이 더욱 좋아질 거야."

좋아하는 일이라면 게임을 말하는 걸까요? 하지만 게임
은 많이 하면 싫증이 나니까 게임은 아닐 거예요. 유키는
잘 모르겠다고 생각했어요.

"조금 전 네가 1학년생을 도와주는 걸 체육관에서 봤단
다. 곤란한 사람을 도와주는 아이가 되었구나. 어린 나를
도와줬을 때처럼 말이야."

조그마한 몸을 들썩이며 울고 있던 와카. 그때가 떠올라
서 유키는 자기도 모르게 양팔로 교장 선생님을 껴안고 등
을 토닥여 주었어요. 하지만 금방 부끄러워져서 몸을 떼었

어요.

교장 선생님은 유키를 보고 빙긋 웃고 걸어가 버렸어요.

주변에서 보고 있던 선생님들이 속삭이는 소리가 들렸어요.

"3학년 유키가 대체 왜 저러지? 교장 선생님한테."

"그러게요. 마치 어린아이를 대하는 것처럼."

"자기가 더 어른인 것처럼 교장 선생님의 등을 토닥거리기도 하고."

선생님들은 고개를 갸웃거리면서 복도를 걸어갔어요.

유키는 뒤돌아 운동장으로 갔어요. 교문 근처에서 무엇인가 발에 걸렸어요. 무언가 빛나는 것이 떨어져 있었어요. 눈물 모양의 눈물 돌도 삐죽빼죽 화난 돌도 아니고 아주 평범하게 생긴 동그랗고 예쁜 돌이었어요. 유키는 그것을 주워 손에 꼭 쥐었어요.

체육관 쪽에서 아이들의 함성이 들렸어요. 학교의 추억속에 있던 행복한 아이들이 아니라 댄스 교실에서 돌아가는 지금 아이들의 신이 난 목소리였어요.

그 속에 유키와 같은 반 친구들이 있었어요.

유키는 돌을 주머니에 넣고 친구들 속으로 달려갔어요.

유희 Jeux(Games)
(드뷔시 1862~1918)

《한밤중에 학교에서 생긴 일》은 공포영화에서 느끼는 오싹함과 꿈속을 헤매는 것 같은 느낌, 그리고 어린 시절의 후회와 재미를 회상시켜 주는 이야기입니다. 잠도 오지 않을 만큼 후덥지근한 여름밤에 듣는 공포 이야기는 정말 짜릿하지요. 일부러 무서움을 느끼면서 소리도 지르고 싶고요. 하지만 결국에는 자려고 누워도 공포 이야기가 기억에서 지워지지 않아 밤을 꼴딱 세워 버리는 일도 있답니다.

학교는 모든 아이들이 꿈과 희망을 키워 나가는 좋은 곳이지만 다른 시각으로 보면 그 안에 여러 가지 부조리한 면도 많습니다. 아이들은 왕따를 당하기도 하고 경쟁으로 인한 심한 스트레스를 받기도 하고 좌절을 경험하는 곳이기도 하지요. 《한밤중에 학교에서 생긴 일》은 학교에서 일어나는 부정적인 면들을 공포영화를 보는 듯한 재미로 해결해 가고 있어요.

이어달리기 주자로 뛰다가 배턴을 놓치고 꼴찌로 쳐진 일, '주전자'라든지 '홍당무'라든지 이름을 가지고 놀림을 당하던 일 등은 저도 경험한 기억이 있답니다. 게다가 꿈에서처럼 우주와 같은 어둠 속에서 친구가 나타났다가 다시 선생님으로 변하고 교실이 숲이 되고 집이 없어지고……. 늘 제 꿈에 나오던 이야기 같아요.

그래서 들려주고 싶은 음악으로 고른 것이 인상파 음악가 드뷔시의 곡이랍니다. 드뷔시의 음악은 신비스러운 것으로 유명하지요. 그 이유는 사용되는 음계 때문인데, 드뷔시는 온음음계, 교회선법과 같은 것을 사용하여 신비로운 색채를 만들었습니다. 인상파가 내면에서 느끼는 인상을 중요시하여 그 느낌을 색채감 있게 표현한 것은, 독일 낭만주의의 드라마틱한 감정을 극대화하는 것에 대한 반발이었지요. 여러 화음을 한꺼번에 쓰는 등의 드뷔시의 화성어법도 독특한 색채를 만드는 중요한 역할을 하고 있습니다. 드뷔시의 여러 작품 중에서 〈유희〉라는 곡은 1912년에 완성된 그의 마지막 오케스트라 작품이기도 합니다. 원래 니진스키의 안무에 맞춘 디아길레프 발레단의 발레를 위한 작품으로 쓰였는데, 초연 이후 반응이 열광적이지 않았고 곧 스트라빈스키의 〈봄의 제전〉의 그늘에 가리어지게 되었지요.

곡의 내용은 땅거미가 질 무렵을 배경으로 테니스를 치는 소년과 두 소녀를 그리고 있습니다. 세 사람은 테니스를 치다가 공을 잃어버립니다. 인공적인 전자 빛이 환상적으로 발산하면서 신비한 배경을 만들고 공을 찾던 그들은 놀이를 시작합니다. 숨바꼭질 같은 게임이었지요. 도망가고, 잡고, 싸우고, 삐치고, 서로 껴안고 하다가 갑자기 날아온 공에 의해 꿈이 깨지듯이 게임이 끝이 납니다. 깜짝 놀란 세 사람은 꿈속에서 사라지듯 어둠 속 깊은 곳으로 사라집니다.

《한밤중에 학교에서 생긴 일》처럼 어떤 일을 하다가 연관이 없는 다른 일로 곧 옮겨 가고, 어느 배경 안에 있다가 전혀 다른 배경 안에 서 있는 것을 알게 되는 등, 우리가 두서없이 상상하는 것처럼 이야기가 진행되는 상황은 꿈에서나 가능한 것 같습니다. 하지만 《한밤중에 학교에서 생긴 일》은 현실에서의 갈등의 해결점을 과거에서 찾으려는 시도가 있는 이야기에요. 학교에서 오래전에 있었던 여러 아이들의 후회와 갈등을 현실에 사는 유키라는 아이가 풀어 가지요. 유키가 과거로 돌아갔는지, 꿈속인지, 유령을 만났는지 명확하지는 않답니다.

드뷔시의 무용음악인 〈유희〉의 내용도 비슷한 점이 있습니다. 테니스를 하는 배경도 낮이 아닌 어스름한 무렵이며, 테니스공을 찾다가 숨바꼭질을 하고, 잡기 놀이를 하고, 싸우기도 하는 등, 어린 시절을 회상하게 하는 이야기는 을씨년스러움과 신비로움, 그리고 즐거움을 함께 전해 주는 것 같습니다. 하지만 무엇보다 드뷔시의 음악 자체가 신비롭고 환상적인 모든 것을 포함한 소리랍니다.

《한밤중에 학교에서》를 읽으며 드뷔시의 음악을 들어 보는 것은 어떨까요? 환상적이고 오싹한 느낌을 더할 수 있지 않을까 생각합니다.

*도와주신 분 : 홍주진 선생님. 연세대 음대와 동 대학원을 졸업하고 유타 대학에서 언어학을 전공했습니다. 한국예술종합학교 반주자와 국립 안동대 강사를 역임했고, 영문학과 영어 교육에 힘쓰고 있습니다. 번역서로 《바틀렛의 빙산 운반 작전》《엠브이피》 등이 있습니다.